Yvonne Martens
Sinfonie der Liebe

AF199313

YVONNE MARTENS

SINFONIE DER LIEBE
ROMAN

Die Deutsche Nationalbibliothek verzeichnet diese Publikation in der Deutschen Nationalbibliografie; detaillierte bibliografische Daten sind im Internet über http://dnb.dnb.de abrufbar.

Herstellung und Verlag:
BoD – Books on Demand, Norderstedt

ISBN: 9783751919395

Covergestaltung@ Traumstoff Buchdesign
Traumstoff.at
Covermotiv@ filitova
Shutterstock.com

Für meine liebe Familie, die mit Geduld meinen Ideen lauscht und mich in Ruhe schreiben lässt.

Ein herzliches Dankeschön auch an die Band von Silbermond, deren wunderschönes Lied „Symphonie" mich zu meinem Titel inspirierte.

KAPITEL 1

Jede Liebesgeschichte beginnt mit einem Drama. Meist erwischt die ahnungslose Frau ihren geliebten Mann beim Sex mit – im schlimmsten Fall- einer Frau, im weniger schlimmeren Fall mit einem Mann. Mit Fassungslosigkeit und einem „Wieso mir?"-Ausdruck schaut sie den Sünder anklagend an, der sich in der Hilflosigkeit der Floskel „Es ist nicht das, wie es aussieht", und „Ach, sie bedeutet mir doch gar nichts", versucht, herauszureden. Wenn dann der erste Schock vorbei ist, gesteht er ihr unter Tränen seine wahre Liebe, und da Frauen Männer besonders anziehend finden, wenn sie Gefühle zeigen, bekommen sie plötzlich Mutterinstinkte, den armen Mann beschützen zu wollen, lassen sich manipulieren, wie eine Mutter von ihrem Kind, und verzeihen. Das machen sie so oft, bis ihre Haarpracht grau wird, doch das Fass zum Überlaufen bringen die grauen Schamhaare. Das ist der Augenblick, wo Frauen ihrem Partner sagen „Raus!

Männer dagegen sagen gleich beim ersten Mal „Raus", sie warten nicht auf die grauen Haare, die zu vielen Pfunde und die Cellulite, sie sind hart und konsequent, ohne Kompromisse, denn Vatergefühle zeigen sich meist anders als Muttergefühle.

So geschah es mir: Mein Name ist Theresa, genannt Tess, Braun, ich bin Mitte dreißig und erfolgreich in meinem Beruf. Ich bin Abteilungsleiterin einer Marketingabteilung in einer Bank, habe BWL mit Nebenfächern Jura und

Psychologie studiert und fahre einen 3er BMW Cabriolet. Jung, erfolgreich und glücklich liiert mit einem Anwalt, Torsten, so würden mich meine Freunde beschreiben. Wir hatten uns an der Universität kennengelernt, er studierte Jura im Hauptfach, und fand mich köstlich, da es für ihn keinen Sinn ergab, dass ich ein Fach wie Jura im Nebenfach studierte. Meine Freundinnen waren der Meinung, ich hätte das Paradies auf Erden, aber wir kennen ja das wahre Ende der Geschichte. Schlange kommt, bietet Apfel vom verbotenen Baum an und Ende vom Paradies.

Meine Schlange kam in Form der vielen Cocktails, die auf der Weihnachtsfeier im obersten Stockwerk unseres Firmen-Gebäudes serviert wurden. Von dort aus hatte man einen traumhaften

Blick über Frankfurt, der Main schlängelte sich sichtbar zwischen den Ufern entlang. Die sich im Anflug befindenden Flugzeugen rundeten den Ausblick zu einem fast romantischen Bild ab. Der Apfel war mein langjähriger Kollege, seines Zeichens Pressesprecher der Firma, der im gleichen Jahr angefangen hatte wie ich. Wir konnten uns nicht von Anfang an nicht leiden, denn wir fürchteten, dass unsere Karrieren durch den anderen behindert würden. Doch mit fünf Sex on the Beach im Magen betrachtet man seinen schärfsten Konkurrenten plötzlich mit anderen Augen, dieser Kampf machte ihn geradezu sexy für mich.

Torsten war wegen eines Klienten in Hamburg, so dass ich das Wochenende mal wieder für mich hatte. Meine Gedanken erhellten sich, ich fing an zu bezweifeln, dass Alkohol einem die Sinne vernebelte. Meine wurden plötzlich klar und wach. Die Musik wechselte zu langsamen Rhythmen, das Ambiente veränderte sich vom gediegen zu leicht schummrig, und der Alkohol ließ meine Sinne sagen: „Nimm ihn dir!"

Ich sehe nicht schlecht aus. Mittelgroß, weibliche Figur, dunkelblondes Haare und haselnussbraune Augen. Ich trug ein kornblumenblaues Strickkleid, mit einem tiefen Ausschnitt. Ich geizte nicht mit meinen Reizen, dafür war ich zu jung.

Patrick war großgewachsen, sportlich und durchtrainiert, er hatte das netteste Lachen – halt- stopp- das zweit netteste Lachen nach Torsten natürlich. Er war liiert, seit Jahr und Tag mit der

Sekretärin des Vorstands, aber das kümmerte mich nicht, denn Silke wohnte dem Abend nicht bei.

Na ja, so kam eins zum anderen. Wir redeten erst über die Arbeit, über die Kollegen, dann wechselten wir ins Persönlichere, Abfrage nach dem Wohlbefinden der Partner. Warum eigentlich? War es wahres Interesse oder nur, um zu eruieren, ob der jeweilige Partner existierte. Mit einem aufgesetzten Lächeln und einem „Gut, danke", hakten wir dann dieses Kapitel ab. Dass Silke nicht anwesend sein konnte, hatte mich schon befremdet, da sie als Sekretärin bzw. Assistentin des Vorstandes zur Feier einlud, aber da ihre Schwester zwei Tage vorher beschlossen hatte, Mama zu werden, reiste Silke sofort zu ihrer Familie. Patrick fürchtete sich vor den glücklichen Blicken der Familie seiner Freundin und den neugierigen Fragen, wann denn endlich das holde Glück bei ihnen einzöge bis hin zu der Spekulation, dass es keinen Nachwuchs gebe, da der Mann ja viel arbeitet, was ja zu Impotenz führe. Auf die mitleidigen Blicke zu Ende des Besuchs verzichtete Patrick gerne, so ließ er freundlichst grüßen und schob die Weihnachtsfeier als Grund vor, dem Familienfest fernbleiben zu können.

Ich kannte diese Fragen ebenfalls. Der Unterschied zu Patrick war nur, dass man mir verdeutlichte, dass die biologische Uhr tickte, während Torsten mit 50 sich eine Jüngere suchen könnte, um dann Vater zu werden. Mein Zug sei dahin aber abgefahren, weshalb ICH jetzt und heute eine Entscheidung treffen müsse. Ich fand das Leben unfair, und fragte mich, wer auf die bescheuerte Idee kam zu glauben, Gott sei eine Frau. Denn wäre es so, würde sie dafür sorgen, dass Frauen in der Pubertät keine sichtbaren Veränderungen am Körper erleiden müssten. In einer Zeit in der das Selbstbewusstsein am Boden liegt, mit monatlichen Fress- und Motztiraden, die sich im Alter auf zwei Wochen vor und einer Woche nach dem Ereignis ausdehnen; sie sorgte dafür, dass sich Frauen mit 45 nicht alt und biologisch unbrauchbar fühlen. Ich verstehe nicht, dass die Natur den Männern keinen Strich durch die Rechnung macht. Mit 70 nochmal Papa zu werden, wie natürlich ist das denn?

So diskutierten wir über die Liebe im hohen Alter und die Ungerechtigkeit der biologischen Uhr. Anders als Torsten war

Patrick gar nicht meiner Meinung. das männliche Gen sei so wichtig, dass es mit 45 nicht aussterben dürfe. Und schließlich müsse ja die Frau das Kind auf die Welt bringen, was im Alter ja nicht mehr einfach sei.

Bei klarem Verstand hätte ich, wie ich es im beruflichen meistens tat, Patrick eine vor den Latz geknallt, aber ich war nicht mehr bei klarem Verstand. Ich hatte zu viel Alkohol intus. Als ich dabei war, die Party zu verlassen, versperrte mir Patrick den Weg. Da er weniger getrunken hatte als ich, meinte er, ich würde mich eher den nächsten Baum wickeln als er. Ach, wie süß! Wenn er sich doch im geschäftlichen so sorgte, aber da versuchte er so viele Projekte wie möglich auf meinen Etat zu buchen. Er war ein Kotzbrocken, aber gerade fand ich ihn süß.

„Wo steht dein Auto?" fragte er.

Er wusste, wo mein Auto stand, unsere Parkplätze lagen nebeneinander, aber ich hatte das Gefühl, er testete mich. Er lauerte darauf, dass ich mich blamierte, denn ich wusste es nicht mehr. Ganz ruhig, sagte ich mir. Wo bin ich? Himmel, wo ist denn Osten? Wieso will ich wissen, wo Osten ist? Mein Gott, riecht er gut! Wie lautete die Frage?

Ich versuchte, ihn so intelligent wie möglich anzusehen, aber ich erinnerte mich nicht mehr an seine Frage. Er grinste und schleppte mich zu meinem Wagen. Mir kam überhaupt nicht in den Sinn, dass es irrwitzig war, meinen Wagen zu nehmen. Ich wohne in Bad Homburg, er in

Frankfurt. Wie wollte er denn nach Hause kommen? Da er nicht Goethe war, hielt ich es für ausgeschlossen, dass er von Bad Homburg nach Frankfurt heimlief. S-und U-Bahnen fuhren zu dieser späten Stunde nicht mehr. Ach ja, dachte ich seufzend, das war wahre Liebe, als die Männer kilometerweit liefen, um ihre Geliebten zu sehen. Halt-Moment, was hatte Patrick vor? Bei mir schlafen?

Patrick schnallte mich an, und sein Gesicht befand sich jetzt nahe an meinem.

„Und wie kommst du dann nach Hause?"

„Ich laufe!"

Er zwinkerte mir grinsend zu. Hoppla, hatte ich den Gedanken um Goethe etwa laut ausgesprochen? Ich hatte doch nur gedacht, wie toll die Männer früher waren.

Nein, ich schüttelte den Gedanken ab, es handelte sich hier um Patrick: Auf viele meiner Fragen gab er dumme Antworten. Während ich es mir auf dem Beifahrersitz gemütlich machte, schossen mir tausend Fragen durch den Kopf: Hatte ich die Küche aufgeräumt? Mein Bett gemacht?

Ich hörte die Stimme meiner Mutter: „Theresa, du musst die Wohnung so verlassen, dass man sie jederzeit aufbrechen kann, ohne über die ersten Stolpersteine zu fallen.“

Ich verfluchte meine Mutter dafür, dass sie immer Recht hatte. Die typischen Mama-Sprüche holen einen leider immer mal ein.

Patrick hatte sich auf meinem heiligen Sitz niedergelassen und ließ den Motor an. Rosenstolz „Irgendwas das bleibt" fing sofort an, auch das noch, jetzt lernt er meinen persönlichen Musikstil kennen. Ich drehte den Kopf zum Fenster und dachte mir, egal, er sitzt schließlich in meinem Auto.

Patrick lenkte den Wagen aus der Garage, es war nichts mehr los in Frankfurt, vereinzelt fuhren noch ein paar Autos und Taxis, aber die Straßen waren frei. Patrick nutzte die Leere, die PS meines Wagens zu testen.

„Hey, pass auf, dass du keinen Strafzettel bekommst", raunte ich.

„Ach, Liebes", antwortete er spöttisch, „bis du den Strafzettel bekommst, erinnerst du dich an gar nichts mehr, kannst Widerspruch einlegen und Torsten kann dich verteidigen."

Sehr logisch, gehörte Torsten doch dem Stamme der Vulkanier an. Ich stellte ihn mir mit spitzen Ohren vor und grinste. Er sähe sexy aus.

„Woran denkst du?"

Er beobachtete mich.

„Kopf nach vorne, sonst wickelst du uns drei um den Baum!"

„Drei?"

Er fragte sich gewiss, ob ich halluzinierte.

„Das Auto und uns beide."

Er schwieg, das kam bei Patrick selten vor, aber es gefiel mir. Ich hatte ihn zum Schweigen gebracht.

„Und?" Patrick ließ nicht locker.

Was und, Himmel, ich hatte keine Lust, während der Fahrt nach Hause zu reden.

„Was du denkst?"

Hey, Wahnsinn, Patrick realisierte, dass Frauen dachten, meist versuchte er mir diese Eigenschaft abzusprechen. Sollte ich ihm das sagen, oder meine Idee mit Torstens Öhrchen offenbaren? Ich betrachtete seine Ohren und fand sie zum Anbeißen. Vorsichtig, Tess, das will er! Er will, dass du ihn attraktiv findest. Patrick machte nie etwas aus Nettigkeit, er hatte das Ganze kalkuliert.

Wir fuhren von der Autobahn ab. Für mich stand die Allee aus Pappeln nach Bad Homburg als ein Symbol des Nach-Hause-Kommens, des Feierabends, des Privatlebens, und diese Alleenstraße fuhr ich mit unserem Macho vom Dienst entlang. Einem Kollegen, der nie mehr sein sollte, als das. Allerdings hatte ich diese

Kollegen schon alle nach Hause eingeladen, sie kannten mein Privatreich. Aber meine geliebte Alleenstraße mit einem Kollegen entlangzufahren, fand ich doch befremdlich.

Sicher fuhr Patrick die Straße entlang. Da ich die Augen geschlossen hatte, bekam ich nicht mit, wie er fluchend vor einer Schranke stand.

„Was ist passiert?" fragte ich schlaftrunken.

„Schranke", antwortete Patrick knapp. Wobei ich das Gefühl hatte, er stellte mir eine Frage.

„Ach so, ja, du musst wenden und über den Hessenring fahren."

Patrick schüttelte den Kopf und wendete mein Auto mit quietschenden Reifen.

„Habt ihr Angst, es könnte Gesindel in die Stadt einfallen?"

„Kurstadt", antwortete ich kurz. „Nach 22 Uhr ist Zapfenstreich."

Patrick grunzte nur und er fuhr zurück. Ich fing an, hellwach zu werden. Mist, dachte ich mir, hätte ich nur weitergeschlafen, dann trüge Patrick mich ins Bett. Träum weiter, sagte eine boshafte Stimme, er hätte dich brutal geweckt.

Endlich kamen wir zu Hause an. Ein schickes, kleines Häuschen hatte Torsten uns gekauft. Mit einem Grundstück, das überschaubar war. Mein Liebster plante gerne für die Zukunft, dabei wunderte es mich, dass er weder Schaukel noch einen Sandkasten in den Garten gestellt hatte. Er setzte mich nicht unter Druck, aber ich erwartete fast, diese Gerätschaften eines

Tages an den Stellen zu sehen, wo die Sonnenblumen, Zucchini und Tomaten wuchsen.

Patrick hielt mir die Türe auf und ich stieg langsam aus. Ich hatte mal gehört, es sähe weniger ungeschickt aus, wenn man alles langsam machte, aber ich konnte mich auch täuschen. In den Tiefen meiner Handtasche fand ich endlich den Haustürschlüssel. Mühsam öffnete ich die Türe, dann drehte ich mich zu Patrick um.

„Und jetzt?" fragte ich ihn.

Patrick warf mir einen vernichtenden Blick zu.

„Bietest du mir dein Gästezimmer an, ich komme nicht mehr nach Hause!"

Er sprach betont langsam.

„Ich mag zwar zu viel getrunken haben", maulte ich, „aber ich verstehe immer noch deutsch."

Ich ließ ihn seufzend in mein Privatreich und schalt mich selber, denn letztendlich passierte, was ich die ganze Zeit wünschte.

Ich zeigte ihm das Gästezimmer, das Bett hatte ich gewohnheitsmäßig nach dem letzten Besuch gleich neu aufgezogen, wie gesagt, meine Mutter drang in mein Ohr. Ich zeigte ihm das anliegende Bad, das er für diese Nacht seins nennen durfte.

Dann schleppte ich mich nach oben, wo ich ihm aus meinem Badezimmer eine Zahnbürste holte, ich hatte solche Sachen immer im Vorrat. Torsten lachte meist über mich, aber solche Ereignisse wie dieses zeigten mir, dass es richtig war, wie ich meinen Haushalt führte. Einen Schlafanzug bot ich ihm nicht an, denn ich durfte nicht riskieren, dass Torstens nach Patricks roch. Ich hatte das Gefühl, dass es Patrick amüsierte, mich so durcheinander zu sehen. Er machte seine typischen anzüglichen Bemerkungen, dass sein Körper zum Schlafen nichts brauche außer einem Bettlaken, aber sie klangen anders als im Büro. Wollte ich es nur so interpretieren oder war es Fakt? Ich konnte mich nicht dazu durchringen, einen klaren Gedanken zu fassen, und so ging ich in mein Schlafzimmer und zog mich um. Ich hatte ein gemütliches, flauschiges Nachthemd, in rosa und bequem. Als ich aus meinem Schlafzimmer trat, kam mir Patrick auf der Treppe entgegen.

„Nett", sagte er trocken, als er mich in meinem Outfit sah.

Nett? Nett ist das Schlimmste, was eine Frau zu hören bekam. Nett ist nett und ist die kleine Schwester von doof: Das ist eine Katastrophe.

„Gute Nacht", sagte ich und verschwand im Bad. Langsam schminkte ich mich ab, gab meiner Haut wieder Freiräume zu atmen. Dann putzte ich die Zähne und schaute mich an. Ich wollte nicht nett sein. Ich war verdammt noch mal eine attraktive Frau. Nachdem ich mir die Zähne geputzt hatte, wollte ich Patrick beweisen, dass ich nicht nett war. Ich hatte das Gefühl, plötzlich wieder klar zu denken, also nahm meinen Mut zusammen und stürmte ins Gästezimmer.

Patrick saß seelenruhig nackt auf meinem Gästebett und zappte. Die Klarheit verschwand mit einem mal, ich war irritiert und entschuldigte mich stotternd.

„Sorry, hab mich im Zimmer getäuscht."

Ich schloss die Tür und blieb stehen? Hallo? Im Zimmer getäuscht? Das war mein Haus, nicht irgendein Hotel mit 500 Zimmern, wo diese Ausrede funktionierte.

Patrick öffnete die Türe, er hatte sich sein T-Shirt und die Unterhose angezogen.

„Was soll das, Tess? Wollen wir jetzt aufhören Spiele zu spielen?"

Ich starrte verunsichert auf den Teppichboden. Ich fand dieses Spiel gut, es war ungefährlich. Das andere hingegen war das bekannte Spiel mit dem Feuer, was mir einerseits Angst einflößte, aber das Verlangen in mir weckte etwas zu probieren. Wollte ich nur nett sein? Oder vielleicht einmal der Vamp, der macht, was ihr gefällt.

Patrick nahm mir die Entscheidung ab. Er küsste mich, ohne zu fragen, ohne es anzukündigen. Ich erwiderte den Kuss nicht sofort, ich spielte mit ihm.

„Du spielst schon wieder", flüsterte er, ohne mit dem Küssen aufzuhören.

Und dann hörte mein Verstand auf zu funktionieren. Ich stürzte mich in das Verlangen, alles andere als nett zu sein und ließ mich auf das neue Spiel ein.

KAPITEL 2

Der Augenblick, als Torsten in das Gästezimmer trat, wird mir immer in Erinnerung sein. Es war 2:47, ich sah die Ziffern auf dem Wecker, während wir uns in heißer Missionarsstellung liebten. Die Uhrzeit wie den Gedanken, den ich zu diesem Zeitpunkt im Kopf hatte, werde ich nicht vergessen. Denn ich fragte mich, wieso es Missionarsstellung heißt. Was Sex mit Missionieren zu tun? Hat es das überhaupt? Ich war fest entschlossen, nach diesem Akt auf Wikipedia die Antwort zu finden, als die Tür aufgerissen wurde. Ich drehte mich um und schaute in die entsetzten blauen Augen, die ich je gesehen hatte.

Torsten sah mich an, dann Patrick, dann wieder mich. Dann verließ er das Schlafzimmer.

„Scheiße!" entfuhr es mir.

Ich sprang aus dem Bett, zog mein Nachthemd an und warf Patrick einen wütenden Blick zu.

„Nimm mein Auto!" sagte ich kurz.

Patrick widersprach nicht, und ich stürmte aus dem Zimmer.

Ich fand Torsten in seinem Arbeitszimmer. Als ich eintrat, schaute er mich kurz an.

„Torsten", begann ich zaghaft. Nein, sagte mein Hirn, nicht der Satz.

„Es ist nicht, wie es aussieht."

Doofi! Sagte mein Hirn.

Wenigstens sah mich Torsten wieder an, die Frage stand deutlich in seinem Gesicht.

Ich schlug die Augen nieder. Konnte er nicht etwas sagen, meinetwegen schreien oder motzen. Ich hörte, wie die Haustür zugeschlagen wurde. Dann startete der Motor meines geliebten Wagens, je weiter das Motorengeräusch sich entfernte, desto unerträglicher wurde die Stille für mich.

„Okay, es war doch das, wonach es aussah. Aber es hatte nichts mit Gefühl zu tun."

Torsten stand auf und kam auf mich zu. Seine Augen waren müde und leer. Den ganzen Abend fuhr er von Hamburg nach Bad Homburg, und alles, was ich ihm bot, war dieser Fremdgang.

„Umso schlimmer, Tess", sagte er traurig. „Ich denke, dass Sex mit Gefühlen zu tun haben sollte."

Da war er: der Traummann, um den mich jede Frau beneidete. Der perfekte Schwiegersohn, der beste Vater und der einfühlsamste Partner. Und ich hatte alles zerstört. Ich wollte auf ihn zugehen, doch er wehrte mit seiner Hand ab.

„Ich habe versucht, Verständnis für dich zu haben, Tess. Dass du nicht heiraten und eine Familie gründen wolltest. Aber, was ich nicht verstehe, ist, wenn es so langweilig mit mir war, warum bist du dann nicht gegangen?"

„Weil ich dich liebe", antwortete ich hilflos.

„Das habe ich bemerkt", erwiderte er spöttisch.

„Mein Gott, Torsten, so was kann passieren, es passiert doch andauernd."

Was ist das für ein blödes Argument, motzte mein Hirn.

„Und weil alle es machen, müssen wir es genauso tun?" fragte Torsten. Er griff nach meiner Hand und führte mich zur Couch. Dort nahmen wir dann Platz.

„Tess, in einer Zeit, wo alles so schnelllebig ist, finde ich, dass Werte genau das richtige sind, um zu leben und zu überleben. Der Glaube an Werte. Nenn mich altmodisch, aber genau das will ich mit dir erleben."

Er schaute mir fest in die Augen.

„Ich bin extra heute Nacht heimgekehrt, weil ich zu dir wollte. Und weil ich das Angebot habe, unser Büro in Hamburg aufzubauen."

Er schwieg, während mir tausend Gedanken durch den Kopf schossen. Hamburg? Wieso sollte ich in eine fremde Stadt ziehen?

„Ich wollte es ablehnen", fuhr er müde fort, „aber nach heute denke ich, ich werde das Angebot annehmen und nach Hamburg gehen."

Kalte Angst überkam mich. Ich verstand es nicht, waren wir Frauen auch so? Warfen wir unsere Beziehung beim ersten Fremdgang gleich hin? Konnten wir nicht verzeihen? Doch ich wusste, dass Torsten mir verzieh, dass er mir die Möglichkeit gab, herauszufinden, was ich wollte. Durch den Abstand konnte er für mich wieder attraktiv und aufregend werden.

„Ich lasse dir das Haus, Tess, als Entschädigung für die langweilige Zeit, die du mit mir hattest."

Er stand auf, sein Blick war verletzt und kalt.

„Du kennst meine Handynummer, wenn du eines Tages als erstes „tut mir leid" sagst, wird die Tür für dich offen sein."

Er verließ das Arbeitszimmer und ging nach oben. Ich legte mich auf die Couch und fühlte mich mit einem Mal ganz klein. Aber das gab ich nicht zu.

KAPITEL 3

Als ich am nächsten Morgen wach wurde.....Morgen? Hallo meine Hübsche, es ist fast schon wieder Abend.....Abend? Ich sah auf die Uhr, aber da es Winter war, konnte ich nur sehr schwer feststellen, ob es Tag oder Nacht war. Also, als ich am nächsten Abend wieder aufwachte, brummte mein Schädel. Ich versuchte, klare Gedanken zu fassen, aber es ging nicht. Müde blinzelte ich zu meinem Fenster, langsam aufstehen, riet mir mein Hirn. Es schien schadenfroh zu sein. Ging das überhaupt, konnte ein Teil meines Körpers Schadenfreude erleben, während der Rest nicht mehr wusste, ob es mir gut oder schlecht ging? Langsam hob ich mein Bein aus dem Bett. Das andere folgte, und ich konnte nicht glauben, wie ungelenk ich war, da doch Tanzen und Yoga meine Leidenschaft waren. Während meine Beine an der Seite heraus baumelten, lag mein Körper wie ausgeknockt noch auf meinem Bett.

Ein „Guten Morgen, mein Kind!" ließ mich aber dann doch hochfahren. Ich schaute erschrocken in die Richtung, aus welcher der Guten Morgen Gruß kam.

„Mutter?"

„Oh, schön, dass du mich erkennst."

„Natürlich erkenne ich dich, Mutter. Bitte, " sagte ich gequält. „Kannst du nicht aufhören so zu schreien?"

Meine Mutter sah mich missbilligend an.

„So natürlich ist das nicht, schon gar nicht in deinem Zustand! Gestern hast du wohl auch die Männer verwechselt. "

Welchen Zustand? Ich war gestern Nacht klar bei Verstand gewesen. Mir dämmerte etwas, ich könnte ja auf nicht zurechnungsfähig plädieren, dann müsste mir Torsten verzeihen, schließlich plädierte er mindestens fünfmal die Woche darauf.

Ich hörte Schritte auf der Treppe. Noch mehr Besucher?

„Mutter!"

Mein jüngerer Bruder Simon stürmte in mein Schlafzimmer. Ihm folgte meine ältere Schwester Nicole. Meine Mutter drehte sich um.

„Lass Tess in Ruhe", sagte Simon.

„Du musst dich immer gleich einmischen", fügte Nicole an. „Sorry, Papa hat uns zu spät informiert, sonst hätten wir sie aufgehalten."

Bitte, ich hab euch auch lieb, aber sprecht doch leiser. Ich nickte nur und sah mir das Spektakel aus der Ferne an. Ich war nicht da, jedenfalls ein Teil von mir.

„Torsten rief heute Mittag an, dass ich nach Tess schauen soll."

Mutter war beleidigt. Sie mochte Torsten und hätte mir am liebsten jetzt und hier eine Standpauke gehalten. Simon schob unsere Mutter zur Türe raus, und Nicole setzte sich neben mich.

„Geht´s, Tess?"

Nein, nichts ging. Mein Schädel brummte, mir war übel und ich fürchtete mich vor der Standpauke meiner Mutter. Nicole ahnte, wie es mir ging. Wir hatten schon immer ein gutes Verhältnis zueinander.

„Du solltest Mutter den Schlüssel abknöpfen", sagte Nicole lächelnd.

Unten ging eine Tür. Danach hörte ich Schritte auf der Treppe und Simon kam ins Zimmer.

„Sie ist weg", sagte er kurz.

„Danke", antwortete ich.

Dann schwiegen wir. Ich spürte, wie meine Geschwister warteten. Und ich wartete auch, darauf, dass sich mein Magen umstülpen würde, mich der Brechreiz einer Katze, die ihre Haarballen verschluckt hatte, ereilen würde. Ich würde mich gerne des Ganzen in der Hoffnung entledigen, dass ich mich dann besser fühle, aber mir war bewusst, dass dies die Lüge des Lebens gewesen wäre.

Doch nichts passierte. Simon brachte mir einen starken Kaffee, dann wurde es besser. Nicole und er zogen mich aus dem Bett und brachten mich ins Badezimmer. Dort stellten sie mich unter die Dusche und ich fragte mich, warum ich nicht viel früher auf die Idee gekommen war, unter die Dusche zu gehen. Vielleicht hatte ich gehofft, dass der Tag enden würde und nichts von alldem geschehen wäre? Zu spät für Reue freute sich mein Hirn hämisch. Halt die Klappe antwortete ich unwirsch, während das Wasser über meinen Kopf und Körper floss.

Als ich frisch geduscht und angezogen unten in meiner Wohnküche ankam, war der Pizzadienst da gewesen. Ich hatte Hunger und freute mich, dass meine Lebensgeister wachgeworden waren. Wir aßen mit großer Freude, und ich genoss die Stille. Irgendwann meldete sich mein Handy und Simon war so lieb, es mir zu bringen. Patrick hatte mir die xte SMS geschickt.

„Patrick?" fragte er, als er mir das Handy reichte.

„Mein Kollege", antwortete ich knapp.

Doch die Augenpaare, die mich anblickten, signalisierten mir, dass sie diese Antwort nicht akzeptierten. Ich seufzte und fing an, zu erzählen. Als ich fertig war, herrschte Stille.

„Hm", räusperte sich meine Schwester nach längerem Schweigen. „Was soll ich dazu sagen?"

Mein Bruder war dagegen nicht so schweigsam.

„Spinnst du? Du riskierst alles für nichts?"

Ich war noch nicht die Alte, meine Reaktionen dauerten länger als gedacht.

„Patrick ist doch nicht nichts", entfuhr es mir.

Autsch sagte mein Hirn. Und ich dachte das Gleiche. Himmel, warum dachte ich dabei nur an Patrick, was war mit Torsten? Simon war mir einen befremdlichen Blick zu.

„Mein Auto", sagte ich.

Ich wollte nicht mehr über gestern reden.

„Was ist damit?" erwiderte meine Schwester argwönisch.

„Es ist bei Patrick, können wir es holen?"

Nicole nickte. Sie erklärte mir, dass Simon und sie gleich losfahren würden um es zu holen. Ich sollte zu Hause bleiben.

„Geh joggen!"

Ich und joggen? Ich fand, dass Joggen das langweiligste auf der Welt sei. So vor sich hin sinnierend rennen, nee, das brauchte ich in meiner Verfassung wirklich nicht. Joggen bot einem direkt an, sich Gedanken zu machen, raus zu finden, wer man ist, nachzudenken, was man gemacht hatte. Und nebenbei musste man noch aufpassen, dass man nicht in das nächste Schlagloch fiel.

„Ich geh in die Therme."

Nicole fand das eine gute Idee, und sie und Simon machten sich auf den Weg, mein Auto bei Patrick abzuholen. Ich nahm mein Handy, keine Nachrichten. Torsten saß das wirklich aus. Ich rief Patrick an, um ihn zu warnen, dass meine Geschwister das Auto abholen würden. Er war kurz angebunden, wahrscheinlich, weil ich mich auf seine SMS nicht gleich gemeldet hatte. Ich wurde sauer. Schließlich hatte Torsten mich verlassen, während Silke von alledem nichts wusste. Patricks Leben würde weitergehen, in seinen gewohnten Bahnen, aber meins war auf den Kopf gestellt worden. Natürlich von mir, ich war in erster Linie sauer auf mich, denn ich hatte es vermasselt. Niemanden sonst traf die Schuld. Ich legte gefrustet auf und packte meine Badesachen. Dann nahm ich meine Schlüssel und ging zur Bushaltestelle. Die Aussicht auf das warme Thermalbad ließ meine Stimmung steigen, und ich fing wieder an, mich zu freuen.

Auch wurde mir bewusst, dass Torstens Tür nicht zugeschlagen war. Wenn ich mich entschuldigen könnte, dann dürfte ich ja kommen. Doch ich wollte mich nicht entschuldigen, denn irgendetwas in meinem Inneren sagte mir, dass ich nicht einfach so mit Patrick geschlafen hatte. Dinge passieren nicht ohne Grund.

Der 4er Bus kam und ich stieg ein. Ich löste meinen Fahrschein und setzte mich dann ans Fenster. Die Straßenlaternen waren an und die Nässe spiegelte die Fahrzeuge auf der Straße wider. Es war kalt, draußen liefen die Menschen mit dicken Schals und Mänteln herum. Aber es war eine besondere Stimmung, von meinem Sitz aus konnte ich den weißen Turm des Schlosses sehen. Über dem Parkdeck der Schlossgarage war ein Teil des

Weihnachtsmarktes aufgebaut, das Karussell drehte sich gerade. Die Lichterketten und Weihnachtsdekoration erhellten die Dunkelheit des Winters, dass ich fast Tränen in die Augen bekam. Es war so schön, und ich wollte mir die Stimmung von meiner eigenen Dummheit oder dem Ultimatum von Torsten nicht zerstören lassen. Am Montagabend war unser Freundes-Stammtisch, da konnten solche Themen diskutiert werden, aber jetzt galt es, meine Seele wieder zu beruhigen und meine Gedanken auf den richtigen Weg zu bringen.

KAPITEL 4

Oh dieser Genuss, als sich das warme Wasser auf meiner Haut perlte. Hm, wie schön! Mein Körper passte sich sofort diesen wunderbaren Temperaturen an. Ich schwamm wie ein Fisch im Wasser, na ja, nicht ganz so elegant.

Es war Samstagabend, und viele glückliche Paare besuchten die Therme, die ihre Seelen gemeinsam baumeln ließen. Es machte mir nichts aus, denn ich genoss die Ruhe, das Alleinsein, und ach Scheiße, nichts von alledem war wahr. Es war furchtbar, ich hatte den Drang, mein Handy zu holen, Torsten anzurufen, mich zu entschuldigen. „So so", sagte mein Hirn, „du willst dich entschuldigen."

Ich war geschockt, ich hatte gedacht, dass mein Hirn jetzt, wo ich wieder nüchtern war, aufhörte, mein Leben zu kommentieren. Doch ich hatte mich getäuscht. Ich konnte der Versuchung, meinem Hirn laut kontra zu geben, nur knapp widerstehen. Ich glaube, die Mitschwimmer hätten sonst an meinem Verstand gezweifelt. Ich biss mir so fest auf die Lippen, dass ich fast geschrien hätte.

Nein, ich entschuldige mich nicht, denn innerlich hatte ich die Beziehung schon längst beendet.

Verbittert verließ ich das Becken der glücklichen Paare und verschwand in Richtung Sauna. Ich hatte keine Probleme, mich nackt auszuziehen. Ich schaute durch jede Saunatüre und fand endlich eine, die leer war. Glücklich seufzend ließ ich mich auf der untersten Bank nieder.

Warum vergeht die Zeit in der Sauna so schleppend? Ich hatte mir vorgenommen, zwanzig Minuten drin zu bleiben, doch schon nach 5 Minuten schwitzte ich, als sei ich bereits eine halbe Stunde in der Sauna. Himmel, wie heiß wurde das noch? Durch das Fenster in der Tür beobachtete ich die Menschen, die draußen nackt umher liefen. Es gab ja schon ein paar schnuckelige Männer. Tja Torsten, du bist nicht der einzige gutaussehende Mann.

„Das stimmt", sagte mein Hirn, „aber im Gegensatz zu den äußerlich gut aussehenden Männern, war Torsten dazu noch ein humorvoller, herzensguter, netter, witziger Mensch."

Arg...knurrte ich mein Hirn an. Man wird ja noch träumen dürfen!

„Wie alt bist du?" fragte mich mein Hirn.

Was hatte denn das mit dem Alter zu tun? Hallo? Es gab Traummänner zum selber backen, wie kindisch war das denn? Ich hatte von einer Freundin eine Backform geschenkt bekommen, mit der Frau einen Mann backen konnte. Mit der Backform gab es ein Büchlein, wie Frau den Mann dekorieren musste, um dann den Gentlemen, den Gigolo, den Zarten etc. zu bekommen. Auf jeden Fall war für jede Frau ein Mann dabei. Dann durfte ich ja an Prinzen glauben. Ich hatte es meinem Hirn gezeigt. Während ich ihm innerlich die Zunge herausstreckte, öffnete sich die Tür, und zwei ältere Herren betraten die Sauna.

Sie lächelten, setzten sich genau hinter mich und fingen an, über das Leben zu sinnieren. Die Zeit verging einfach nicht, doch ich traute mich nicht, aufzustehen, um den Saunagang zu beenden, weil ich nicht unhöflich sein wollte. Die Herren sollten nicht denken, ich sei ein oberflächliches junges Ding, das die Sauna verlässt, sobald die ältere Generation erscheint.

Ich hielt tapfer durch. Der eine ältere Mann, ich taufte ihn Heinz, erklärte dem anderen Mann, den ich Erhard nannte, dass seine Frau zwei Wochen lang alleine Urlaub machen wollte. Bestimmt, um sich die jungen Animateure in den Clubs anzulachen.

Schalt dein Vorstellungsvermögen aus, schimpfte mein Hirn.

Erhard meinte darauf, dass er lieber zwei Wochen mit seiner Frau Urlaub machte, und dafür den Rest der Zeit getrennt leben wolle. Die zwei lachten herzlich, und ich schmunzelte, denn ich dachte an meine Eltern. Wann immer ich die beiden besuchte, nörgelten sie nur aneinander herum. Mein Vater sei zu langsam und hörte nicht zu, meine Mutter sei pingelig und wolle sogar sein Rentendasein bis auf die Minute durchplanen. Mutter warf Vater ein Lotterleben vor. Ich wunderte mich jedes Mal und fragte mich, was die beiden zusammenhielt, doch sobald man sich einmischte, wurde man zur Zielscheibe, denn sie hielten zusammen wie Pech und Schwefel. Meine Geschwister und ich hatten uns daher geschworen, uns in nichts mehr einzumischen, da das für uns nur schlecht ausging. Wagte man dann mal für seinen Vater Partei zu ergreifen, kam von meiner Mutter ein „in deinem Alter...". Ja, was in meinem Alter? Sie war verheiratet und hatte 3 Kinder. Wenn ich für meine Mutter Partei ergriff, dann hieß es nur, „ich habe dir dein Studium finanziert. Ich musste damals arbeiten," und meine Mutter griff unterstützend ein, dass wir die Generation waren, die alles bekamen, die sich nie sorgten und die nicht in der Lage waren, sich zu binden oder die nächste Generation in die Welt zu setzen. Außerdem war es unsere Schuld, dass der Generationenvertrag nicht eingehalten wurde, und nicht die der der alten Generation, weil wir egoistisch gewesen waren, keine Kinder mehr in die Welt zu setzen.

Diese Gespräche endeten meist damit, dass ich nicht mehr wusste, was ich tun sollte. Einerseits drangen die Eltern auf unsere Unabhängigkeit, besonders von einem Mann, andererseits sollten wir eine Familie gründen und Karriere machen.

Ha, die Uhr! Ich durfte endlich die Sauna verlassen.

Ich stand auf und wickelte mein Handtuch um meine Hüften. Beim Rausgehen sagte Heinz zu mir: „Ach Gott, junge Frau, haben wir sie mit unserem Gerede aus der Sauna gejagt?"

Nein, nein, versicherte ihm mein Lächeln, nur die Vorstellung an unseren Generationenvertrag!

„Meine Zeit war um!" lächelte ich zuckersüß.

„Aber", scherzte Erhard, „Sie haben doch noch alle Zeit der Welt! Vergessen Sie nicht, kalt zu duschen!"

Wie bitte? Plötzlich fing ich an, mich uralt zu fühlen.

Ich nickte nochmals in Richtung der beiden Herren, dann verließ ich die Sauna, duschte kalt und schwor mir, nie wieder in die Sauna zu gehen.

KAPITEL 5

MONTAG. Ich hasse Montage. Man steht auf, nachdem man endlich am Sonntag realisiert hat, dass man ausschlafen darf, und dann ist schon wieder Montag. Der Körper hatte sich gerade an das Ausschlafen gewöhnt, da reißt der erbarmungslose Wecker einen aus seinen Träumen, und obwohl es gegen die menschliche Natur ist im Dunkeln aufzustehen, quält man sich aus dem Bett, knipst alle Lampen an und fragt sich nur „Wieso???"

Nachdem mein linkes Bein zuerst den Weg aus dem Bett gefunden hatte, wollte ich mein rechtes nachziehen, doch es weigerte sich. Es kuschelte sich unter die Decke und sagte „nein, ich will nicht."

Mein linkes Bein dagegen stand schon auf dem kalten Laminat und motzte, während mein rechtes Bein die Diva raus hängen ließ. Innerlich schrieb ich meinem Chef eine E-Mail: Konnte leider nicht aufstehen, weil mein rechtes Bein eine Symbiose mit der Bettdecke einging. Mein Chef ist ein ehemaliger Mitschüler von Nicole, ein lieber Kerl, aber tough. Francis Graf zu Kollberg hieß er. In der Schule galt er als Kotzbrocken, was ich nicht nachvollzog. Ich habe das Gefühl, dass er in meine Schwester verliebt war und es ist. Irgendwie warte ich ja auf einen Erpressungsversuch von ihm. „Du willst Karriere machen, dann sorge dafür, dass deine Schwester mit mir ausgeht."

Wenigstens könnte ich dann mit gutem Gewissen sagen, dass ich nicht mit meinem Chef ins Bett musste, um Karriere zu machen, den anderen Teil müsste ich verschweigen, bis ... oh je, die Uhr zeigte schon 7 und ich hatte mich nicht weiterbewegt.

„Komm endlich, rechtes Bein, wenn du jetzt raus kommst, dann laufe ich heute den ganzen Tag auf dem linken!"

Wie bitte? Knurrte mein linkes Bein, du hast wohl einen nassen Hut auf.

Nein, aber einen an der Klatsche. Ist es jetzt schon so weit, dass ich mit meinen Beinen diskutiere? Torsten war keine zwei Tage weg, und ich wurde schon wunderlich.

Eigentlich stimmte ich meinem rechten Bein zu. Es wäre das Beste, eine Symbiose mit der Decke einzugehen. Ich wollte Patrick nicht begegnen. Er war sauer, weil ich auf seine Anrufe nicht reagierte, weil ich mein Auto nicht selber abholte, auf alles. Oh je, wir hatten außerdem heute das Meeting der Abteilungsleiter mit Francis an der Spitze. Er darf nichts merken, dachte ich nur, alles, was mich erpressbar macht und Nicole in Schwierigkeiten bringt, musste ich verhindern. Also seufzte ich, stehe ich jetzt auf, fahre ins Büro und rede erst einmal mit Patrick. Seine Freundin Silke durfte nichts mitbekommen, erstens weil sie Patricks Freundin war und zweitens, weil sie Francis Sekretärin war.

Super Alternativen. Ich stand auf und mir war klar, dass die Flucht auf eine einsame Insel, das einzig Richtige sei. Während ich das warme Wasser aus der Dusche auf meiner Haut spürte, kam mir der Spruch „Angriff ist die beste Verteidigung" in den Sinn und ich wurde kampflustig.

Ich bin Abteilungsleiterin, weil ich gut bin. Ich bin nicht schuld an Patricks Beziehungsende (falls es eines geben würde). Ich bin nicht das alleinige Übel hier. Ich sollte Motivationstrainerin werden.

Ich suchte meine Garderobe sorgsam aus. Bei dieser Kälte wollte ich nur dicke Hosen und dicke Pullis tragen. Dennoch entschied ich mich für einen Schottenrock und einen kuschelig warmen, grünen Rollkragenpullover.

In der Küche goss ich mir meinen Tee auf, und der erste Schluck ließ mich tief durchatmen. Um Viertel vor Acht saß ich im Auto und fuhr in Richtung Autobahn.

Ich drehte das Radio auf, es lief der Verkehrsfunk bei FFH. Die 661 war frei, na ja, wenn man Schritttempo als „freie" Autobahn bezeichnen konnte. Aber ich kam immer gut durch. Von daher machte ich es mir im Auto gemütlich, fuhr meine Allee entlang, aus Bad Homburg raus. Ich liebte die morgendliche Fahrerei. Sobald die Musik gut wurde, fing ich an, zu singen. Ich sah mich um, sah die anderen Autofahrer und Fahrerinnen und versuchte, mir mit Hilfe ihrer Kennzeichen Geschichten auszudenken. Viele Autos kannte ich, da sie sich meist zur gleichen Uhrzeit auf der Autobahn tummelten. Dicke Firmenwagen, manche mit Chauffeur, manche ohne, ein paar Kleinwagen, die meisten waren Mittelklassewagen.

Was sich in allen Autos glich, man sah die Fahrer selten singen. Sie führten lieber schon auf den Weg wichtige Telefongespräche. Manche hielten dabei sogar ihr Telefon in der Hand.

„So was!" dachte ich, „da haben sie so ein teures Auto, und können sich keine Freisprechanlage leisten."

Genau wie bei den Blinkern. Ich war der Meinung, dass der Blinker eine serienmäßige Ausstattung des Autos sei. Aber besonders bei den großen, dunklen Limousinen schien der Blinker zur Luxusausstattung zu gehören. Ich grinste vor mich hin, während ich im Stop-and-Go Rhythmus die 661 entlangfuhr. Kelly Clarksons „My life will suck without you" fing an, und ich stellte das Radio lauter und schmetterte mit. Doch je länger ich mitsang, desto bewusster wurde mir, dass mein Leben nichts wert war ohne Torsten. Ich seufzte, stellte das Radio leiser und stieg auf die Bremse. Der stockende Verkehr hatte sich in einen Stau verwandelt.

Na bravo, was war denn jetzt los? Das Radio hatte keinen Unfall vermeldet. Ich sah aus dem Beifahrerfenster, und da erblickte ich ihn. Ein Mann Anfang 40, er saß in seiner dunklen Limousine, trug ein schwarzes Jackett, darunter ein blaues Hemd. Die blonden Haare schimmerten in der Wintersonne golden. Er sang ebenfalls, vertieft in sein Lied. Sein Auto fuhr langsam an, während ich auf meiner Spur stand. Das Kennzeichen endete auf AL 165. Ich fragte mich, ob es seine Initialen waren oder die Abkürzung einer Firma. Welche Firma hatte denn die Initialen AL?

Allgemeine Lustlosigkeit, bestimmt Versicherungsbeamter. Ich grinste in mich hinein. Als ich wieder hinüber linste, beobachtete mich ein Augenpaar aufmerksam. Irritiert schaute ich gleich weg. Denke ich so laut, oder warum hatte er jetzt zu mir geschaut? Ich traute mich nicht, nochmals einen Blick zu wagen, und war froh, als sich der stockende Verkehr wieder in einen fahrenden verwandelte.

Doch ich wurde ihn nicht los. Als ich in Eckenheim raus fuhr, fuhr er ebenfalls ab. Verdammt, kann er nicht eine andere Ausfahrt nehmen? An der roten Ampel stand er genau hinter mir. Ich beobachtete ihn durch meinen Rückspiegel. Er lächelte, als ob er ahnte, dass ich ihn anstarrte. Das laute Hupen eines Autos holte mich aus meinen Tagträumen zurück!

Oh je, er wusste, dass ich ihn und nicht die Ampel beobachtete, mit hochrotem Kopf fuhr ich weiter. Warum überholte er denn nicht? Dann hätte ich ihn aus meinem Rücken. Ich fühlte mich plötzlich unbehaglich Bis auf Müttern war es keinem menschlichen Wesen vergönnt, Augen im Rücken zu haben. Man war seinen Hintermännern hilflos ausgeliefert. Ich musste Mutter werden, schoss es mir durch mein Hirn. Ach, mit wem denn? antwortete dieses boshaft. Den Mann deiner Träume hast du gerade abgeschossen. Oh danke, Hirn, dass du mich daran erinnerst. Wie gut, dass ich dich habe, bete zu Gott, dass ich eines Tages nicht an Vergesslichkeit leide, dann werde ich dich als erstes vergessen. Mein Hirn schwieg. Innerlich sagte ich ÄTSCH, fuhr an der Deutschen

Nationalbibliothek vorbei und bog dann links ab. Ich hatte die ganze Zeit nicht mehr in den Rückspiegel gesehen, doch als ich jetzt einen Blick wagte, war er verschwunden. Mist, wann war das denn passiert? Ich hatte vor lauter Zwiegespräch mit meinem Hirn nicht gemerkt, dass er abgebogen war. Merke für die Zukunft: Ignoriere dein Hirn.

Ha ha, lachte mein Hirn, das tust du ja öfters.

Blödfrau!

So kam ich schlecht gelaunt in der Bank an. Patrick war da, sein Auto stand blitzblank auf seinem Platz. Natürlich, er war wahrscheinlich schon 10 Runden joggen gewesen, hatte geduscht, sich rasiert und segnete die 10. Präsentation ab. Ich fragte mich immer, wie er das alles schaffte, ohne Falten und graue Haare zu bekommen.

Gefrustet stieg ich aus meinem Auto aus, und machte mich auf den Weg ins Büro, welches sich im 20. Stock des Wolkenkratzers befand. Anfangs musste ich meine Höhenangst arg überwinden. Als ich diese endlich überwunden hatte, kam der 11. September 2001 und eine neue Angst schlich in mir hoch. Ich war Gott dankbar, dass unsere Kollegen in New York das Gebäude verließen und nicht auf die Wachleute hörten. Francis war daran maßgeblich beteiligt, denn er war gerade mit dem Officeleiter im Gespräch als das Flugzeug den ersten Turm rammte. Äußerlich ruhig bleibend, befahl er den Kollegen, das Büro zu räumen, innerlich aber bebte es in ihm. Die Ungewissheit, was aus den Kollegen geworden war, klärte sich erst spät am Abend, als der Officeleiter endlich ein funktionierendes Telefon in die Finger bekam. Ich hatte Francis noch nie weinen sehen, aber an jenem Abend ließ er seinen Tränen freien Lauf, während ich bei ihm war.

Doch diese Angst versiegte bald, so dass ich in Ruhe mit ansehen konnte, wie die Flugzeuge starteten und landeten. Der einzige Gedanke, der mich dabei stets überkam, war: Gott sei Dank sitze ich nicht in diesem Teil. Besonders wenn mir die Baumspitzen signalisierten, wie windig es war.

Als ich oben ankam, lief mir meine Sekretärin über den Weg.

„Guten Morgen, Tess!" sagte sie freundlich.

Elisabeth ist Mitte 50, eine Seele von Frau. Durch sie hatte ich verstehen gelernt, warum mein Vater seine Sekretärin immer so verwöhnt hat. Mit einer guten Sekretärin steigt und fällt deine Karriere. Kann sie dich leiden, ist die Abteilung die am besten geführte überhaupt, mag sie dich nicht, hast du an fünf Fronten zu kämpfen. Elisabeth mochte mich, weil ich eine Frau in einem von Männern dominierten Gebiet bin und weil ich „Bitte" und „Danke" sagte. Wenn ich meine männlichen Kollegen dagegen sehe, wundere ich mich, wie ihr Team ohne die Zauberworte funktioniert. Deren Sekretärinnen sind höchstens Mitte 30. Diese Frauen erhoffen sich etwas, was, das ist mir schleierhaft, aber ich kann mit Fug und Recht behaupten, dass meine Abteilung die mit Herz ist. Das verdanke ich Elisabeth. Mit ihrer mütterlichen Art hat sie mir geholfen eine Atmosphäre zu schaffen, die fast familiär ist. Und wenn wir Lust hatten, Männer anzuschauen, dann warten wir auf die Fensterputzer, manchmal haben wir Glück und es sind ein paar schnuckelige dabei.

„Guten Morgen, Elisabeth! Wie war dein Wochenende?"

Sie lächelte. Elisabeth verbrachte immer aufregende Wochenenden. Sie hat sich vorgenommen, ihr Leben bis zu ihrer Pensionierung abzurunden. Dazu zählt sie Extremsportarten wie Drachenfliegen und Bungee jumping. Wahrscheinlich ließ sie sich auch piercen.

Patrick trat aus seinem Büro. Er blieb stehen.

Morgen", brummte er.

War er sauer? Worauf denn?

„Guten Morgen", antwortete ich betont fröhlich.

Oh je, wir hatten ja schon immer unsere Differenzen, aber wie würde sich Patrick verhalten, wenn er jetzt sauer auf mich war.

Mehr dumme Kommentare kann er dir nicht mehr an den Kopf werfen, sagte mein Hirn schadenfroh. Es wird sich nicht viel ändern.

Elisabeth war aufgefallen, wie wir uns ansahen. Sie folgte mir ins Büro mit einer Tasse Tee in der Hand. Wann hatte sie denn die Tasse geholt? Ich war so perplex, dass ich Patrick für einen Moment vergaß. Aber Elisabeth ließ dieses Vergessen nicht lange zu.

„Was war das denn für ein Blick?"

Sie setzte sich auf den Gästestuhl und blickte mich streng an. Ich seufzte. Die Kurzfassung meiner Geschichte kam mir auf einmal so lächerlich vor. Als ich geendet hatte, stand Elisabeth energisch auf.

„Ich besorge Blumen, eine Flasche Champagner und du entschuldigst dich bei Torsten, Fräulein!"

Ich grinste in mich hinein. Elisabeth hatte vorher für einen Mann gearbeitet. Mein Vorgänger war für seine Affären bekannt gewesen, und Elisabeth hatte immer die Entschuldigungsgeschenke für die Ehefrau gekauft.

„Nein, Elisabeth, ich brauche weder Blumen noch Champagner noch werde ich mich entschuldigen."

Elisabeth blieb stehen. Sie war jetzt blasser als ihre weiße, reine und fein gebügelte Bluse.

„Das will ich nicht gehört haben!"

Doch sie wusste, dass ich es so meinte. All das wäre nicht passiert, wenn ich mit Torsten glücklich gewesen wäre. Ich liebte mein Leben, mich bei meinem Ex zu entschuldigen hieße, dass ich es nicht mehr wollte. Ein Umzug nach Hamburg kam für mich nicht in Frage, und das wäre mein Los geworden. Im tiefsten Innern war die Beziehung vor dem Fremdgang gestorben.

„Oh ja, " höhnte mein Hirn, „wie schön, dass du dir deine Entschuldigungen so zurecht legen kannst."

Doch es waren keine Entschuldigungen, es handelte sich um

Tatsachen. Torsten liebäugelte schon länger mit dem Job in Hamburg, mir zuliebe war er in Frankfurt geblieben. Er hatte mir ein Zugeständnis gemacht, um mich dann zu seinen Kompromissen zu überreden. Nur hätte dieses Zugeständnis lebenslang bedeutet.

Es klopfte. Elisabeth ließ Patrick eintreten, nicht ohne ihm einen bösen Blick zuzuwerfen. Sie verließ das Büro, und Patrick schloss die Tür. Er blieb ruhig stehen, während ich zum xten Mal mein Passwort eintippte.

„Nach dem 5. Fehlversuch sperrt sich dein Computer, Tess", fing Patrick an.

Ich schwieg. Ich sagte ihm nicht, dass ich es geschafft hatte, fünf Fehlversuche hinzulegen. Ich lächelte wissend und sagte danke. Über meinen

Blackberry schickte ich Sascha eine SMS, dass er leider den Computer freischalten müsste. Dann wandte ich meine geballte Aufmerksamkeit Patrick zu.

„Womit kann ich dir helfen?" zwitscherte ich förmlich.

Patrick blieb ernst, das bereitete mir Sorgen.

„Du hättest dein Auto ruhig selber holen können!"

Aha, daher wehte der Wind. Nein, das wäre falsch gewesen. Denn, ich hatte mit einem Fehltritt meine Beziehung beendet. Torsten war gegangen und ich hatte einen Kater. Na ja, um die Reihenfolge einzuhalten, sollte ich lieber sagen, ich hatte einen Kater, und Torsten war gegangen. Nee, ich hatte einen Kater, war fremdgegangen und dann war Torsten gegangen. So, JETZT stimmte die Reihenfolge wieder.

„Patrick", begann ich langsam, weil ich Zeit für meine Wortwahl herausschinden wollte. „Was passiert ist, war dumm!"

Achtung, Tess, halte den Schreibtisch zwischen euch! Geh keinen Schritt auf ihn zu.

Ach Hirn, halte doch einmal in deinem Leben die Klappe, wann ich es will!

Oh gut, wenn du mich beleidigen willst, werde ich jetzt deinen Nervus hypoglossus – unterbrechen, mal sehen, wie du dann mit Patrick reden kannst!

Meinen was????

Den Nerv, der deine Zunge bewegt.

Ich sah Patrick kurz an, während ich das innere Zwiegespräch mit meinem Hirn beendete. Er bemerkte nichts von seiner Konkurrenz, denn meine Augen konzentrierten sich voll und ganz auf ihn, so dass er annahm, dass ich nur scharf nachdachte.

„Schau, Patrick!"

A ha, mein Hirn machte mir doch keinen Strich durch die Rechnung.

„Es war dumm von mir, mit dir zu schlafen. Ja, ich weiß, zwischen Torsten und mir stimmte es nicht mehr. Aber das gab mir kein Recht ihn so zu verletzen."

Patrick tat einen Schritt auf mich zu.

„Roter Alarm!" rief mein Hirn. „Ach Quatsch, gelber reicht, " antwortete ich laut.

„Wie bitte?" fragte Patrick irritiert.

Ich biss mir auf die Lippen. Ich musste aufhören, laut zu denken!

„Nichts", erklärte ich errötend.

„Tess, wenn es zwischen euch nicht mehr gestimmt hat, dann brauchst du kein schlechtes Gewissen zu haben."

Arrg, wie erkläre ich das einem Mann? Ich lehnte mich an meinen Schreibtisch, er stellte sich neben mich. Er duftete wieder so verboten gut! Ich schloss die Augen, atmete tief durch und erläuterte ihm meine Welt von Anstand.

Ich bin der Meinung, dass es nicht nötig ist, seinen Partner zu betrügen, um herauszufinden, dass man in der Beziehung unglücklich ist. Ehrlich gegenüber sich selbst und dem Partner zu sein, ist oberstes Gebot. Statt auf eine Gelegenheit zu warten, hätte ich schon längst die Beziehung zu Torsten beenden müssen. Das wäre ich ihm schuldig gewesen. Nicht sich den einen warm halten, bis ein anderer kommt, damit sie sich dann die Türklinken in die Hand geben.

„Tess, das ist ehrenhaft von dir. Aber manchmal bedarf es einer kleinen Begebenheit um zu wissen, dass man eine Änderung will."

Ich blickte ihn ernst an. Nein, man braucht sie nicht. Man weiß, wenn etwas vorbei ist. Aber die Angst vor dem Alleinsein, die treibt uns dazu, zu warten, bis das nächst beste willige Opfer bereit ist, ein neues Heim mit uns aufzubauen. Aber wenn wir in unsere Herzen schauten, merkten wir, dass wir auf dem Holzweg sind. Patrick war dieser Typ. Sein Angebot, Silke zu verlassen, wenn ich mit ihm eine Beziehung eingehen würde, zeigte mir, dass er zu dem Schlag Mensch gehörte, die nicht alleine sein wollten. Ich wurde plötzlich traurig.

„Nein, Patrick, ich will keine Beziehung mit dir!"

Sein Blick wurde plötzlich kalt.

„Dein letztes Wort?"

Ich nickte, woraufhin er wütend mein Büro verließ. Ich sah ihm nach. Mir wurde bewusst, dass mein Nein bei Patrick nicht bewirkte, Silke zu verlassen. Er liebte sie zwar nicht mehr, würde aber solange mit ihr zusammenbleiben, bis eine seiner Eroberungen ihm signalisierte, dass sie bereit sei, ihr Leben mit ihm zu teilen.

Sascha steckte den Kopf durch die Türe.

„Fünf Fehlversuche?"

Schuldig, grinste ich ihn an und er machte sich an meinem Rechner zu schaffen. Sascha ist das Herz der Firma. Wenn es diesem Herz schlecht geht, leiden wir alle. Vielen ist das gar nicht bewusst, aber die Macht, die IT-Jungs in ihrer Hand halten, ist größer als die des Vorstandsvorsitzenden unserer Bank. Nur weiß das niemand, und die Jungs verdienen lange nicht so viel wie die oberen Etagen, obwohl es von ihrem guten Willen abhängt, ob wir arbeiten können oder nicht. Ironie des Schicksals, ich bin mir sicher, dass sich die Jungs ihre Macht gar nicht bewusst waren, weil sie ihren Job einfach liebten.

Patrick zeigte mir den Rest des Tages die kalte Schulter. Besonders in der Sitzung der Abteilungsleiter torpedierte er jeden meiner Vorschläge. Jede Idee wurde als abstrus und kindisch abgestempelt. Francis zog die Augenbrauen hoch. Er beobachtete mich, was kein gutes Zeichen war, denn er kannte mich. Ich lächelte ihm kurz zu. Doch er war cleverer als ich dachte.

„Da Presse und Marketing sich nicht einig sind, wie wir vorgehen sollen, schlage ich vor, dass sich Presse und Marketing aussprechen!"

Wow, Francis, das war ja jetzt geschickt.

„Ich kann ja einen Marketingplan aufstellen", sagte ich bissig, „allerdings müsste mir die Geschäftsführung dafür meinen Etat aufstocken, weil ich vergessen habe, die Kosten für die Mafia aufzuführen."

Ha. Ich kann witzig, wenn es sein muss.

„Ich kann dir das Geld für die Mafia auch leihen", säuselte Patrick, „ich habe, im Gegensatz zu meiner lieben Kollegin aus dem Marketing daran gedacht, einen Etat für Unvorhergesehenes einzurichten."

„Den kannst du dir für deine Todesanzeige aufheben", fauchte ich.

„Was 50.000 €?" kam höhnisch zurück.

Er hatte so viel Geld für Unvorhergesehenes beantragt? Ich fasste es nicht! Mein Gesicht verfärbte sich schlagartig. Das Rot stand mir nicht gut, aber mein heller Teint ermöglichte, dass ich in vielen Situationen die Farbe eines in heißen Wasser geworfenen Krebses annahm. Wut und Entrüstung waren eine davon:

„Christoph, du hast ihm 50.000 € bewilligt, während ich um jeden Cent für die Werbebroschüren gebettelt habe?"

Ich fuhr zu Christoph herum.

„Tja, Tess, dein Betteln ist irgendwie süßer als das von Patrick."

Oh, ich war dabei zu explodieren. Francis blieb seelenruhig. Ich sah Christoph an, er ähnelte Patrick, deshalb verstanden sie sich so gut. Christoph ist für Personal und Etat zuständig, er kommt aus einer einfachen Familie, wurde von seinem Vater aber getriezt, weil er es einmal besser haben sollte. Christoph machte alles mit und erreichte das Ziel seiner oder des Vaters Träume schneller als alle glaubten. Er spielt regelmäßig mit Patrick Tennis, und während des Sonntagsspiels besprachen sie bestimmt Patricks Etat. Wahrscheinlich bekam Patrick für jeden Sieg 10.000 € zum eingereichten Etat dazu und für jede Niederlage 50.000 € abgezogen.

Ich sah Francis an, und diesmal spielte ich Tennis mit ihm. Hilf mir, oder ich werde bei Nicole kein gutes Wort für dich einlegen. Mein Blick war unmissverständlich. Ich spielte das Spiel der Spielchen - nicht nur die Männer- und ich bin mir auch nicht zu schade, meine Schwester zu verkaufen.

Francis erkannte den Blick und schwieg weiterhin. Nach 10 Minuten klopfte er auf den Tisch.

„Lasst ihr mich bitte mit Tess alleine?"

Erstaunte Blicke in der Runde. Ich war ebenfalls wie vor den Kopf gestoßen. Wieso wollte er jetzt mit mir alleine sprechen? Patrick sah mich kurz an und ich schwor mir, er würde nichts mehr zu lachen haben, wenn ich jetzt wegen ihm Ärger bekäme. Christoph ging als letzter raus und schloss leise die Tür.

Francis stand auf und lehnte sich gegen den Konferenztisch.

„Okay, Tess, was ist hier los?"

Er wusste es doch schon. Auch wenn meine Schwester blind gegenüber seinen wahren Gefühlen war, sprachen sie über alles. Trotzig blickte ich ihn an.

„Tess, wir haben heute Abend unsere Montagsrunde, da reden wir über alles. Ich will es aber jetzt wissen."

Ich maulte. Er war schließlich nicht mein Vater. A propos Vater, den musste ich dringend anrufen, um zu hören, ob Mutter noch schmollte. Obwohl, ich konnte auch warten, bis mein Vater sich meldete, denn das tat er meistens, damit ich meine Mutter wieder zu Räson rufen konnte.

Ich erzählte Francis alles. Er hatte ja recht, heute Abend würde er die Geschichte so oder so hören. Aufmerksam hörte er mir zu. Als ich geendet hatte, schwieg er. Francis gehört nicht zu den Männern, die zu allem einen Kommentar abgeben. Er beobachtet erst, dann überlegt er und dann spricht er. Das macht das Arbeiten mit ihm so angenehm. Francis ist ein sympathischer Mann, einer, der beweist, dass man nicht immer über Leichen gehen musste, um Karriere zu machen. Er hat graue Haare in seinem dunklen Haar, das sieht sexy aus, ein bisschen wie George Clooney. Warum Nicole ihn so zappeln lässt, ist mir nicht klar. Sie hat die beste Partie am Haken und merkt es nicht einmal. Vielleicht hat sie Respekt vor George Clooney? Ich grinste in mich hinein.

Francis legte den Arm um mich.

„Tess, es gibt zwei Möglichkeiten: 1.) du arrangierst dich mit Patrick und ich stocke deinen Etat um 50.000 auf für die Mafia..."Er grinste, als er das sagte. „Oder aber ich mache dir ein Angebot, das du gut überdenken solltest." Seine Gesichtszüge wurden ernst. Wollte er mich verbannen? Loswerden? Die Männer hielten letztendlich doch immer zusammen.

Francis holte tief Luft.

„Das Office in Sydney soll aufgebaut werden. Wir suchen noch eine Office-Leitung."

Ach ja. Sydney. Hm, da passte doch Patrick gut hin. 10.000 Kilometer voneinander entfernt, traumhafte Vorstellung!

Doch Francis Blick ruhte auf mir.

Was? Nicht sein Ernst.....er wollte mich ans andere Ende der Welt schippern? In das Land, wo neun der zehn tödlichsten Lebewesen wohnen?

„Willst du mich los werden?" fuhr ich ihn an.

Francis guckte mich erstaunt an.

„Nein, Tess, ich halte dich für am fähigsten, den Job zu erledigen."

Er klang etwas genervt.

„Ich trage diese Idee schon eine Weile mit mir herum", erklärte er. „Ich dachte nur, dass eine Wahl zwischen Sydney und Torsten für dich nicht in Frage käme."

Ich schluckte. Klar, Torsten war jetzt nicht mehr. Somit wäre Sydney eine Lösung. Aber es war so weit weg.

„Überleg es dir Tess. Flieg dorthin, schau es dir an. Nimm Nicole mit oder Patrick."

Er grinste kurz, ehe ich protestieren konnte. Ich löste mich von ihm und trat nachdenklich vor die Tür. Ich merkte nicht, dass Patrick und Christoph in der Teeküche auf mich warteten. Hatte Patrick etwa ein schlechtes Gewissen? Ich ging in mein Büro und schloss die Türe. Sydney. Ich öffnete mein Notebook, gab mein Passwort ein und endlich wurde mein Desktop sichtbar. Sascha sei Dank! Als erstes suchte ich unter Wikipedia alles zu Sydney. Die weiterführenden Links. Die Bilder sahen verlockend aus. Vom botanischen Garten aus war ein Photo auf die Habour-Bridge eingestellt worden, das Wasser, das Sydney umgab, gab mir das Gefühl von Weite. Es sah verlockend aus.

Die Tür öffnete sich und Elisabeth trat ein. Sie hatte eine Tasse frischen Tees bei sich.

Sie stellte die Tasse ab und schaute mich fragend an.

„Ach Elisabeth", seufzte ich nur.

Meine Sekretärin lächelte mir mütterlich zu. Sie wurde nach der österreichischen Kaiserin Elisabeth benannt. Das hatte sie mir voller Stolz erzählt, nachdem ich ihre Chefin wurde. Doch sie ist das krasse Gegenteil der österreichischen Kaiserin: Sie hat blondes, kurzes Haar, ist ein bisschen pummelig und hat ein Herz. Anders als ihre

Namensgeberin kümmert sie sich um ihre Mitmenschen.

Elisabeth kam um meinen Schreibtisch herum und wagte einen Blick auf den Bildschirm.

„Sydney?" fragte sie.

Ich nickte nur. Ich erzählte ihr von Francis Angebot. Doch die erwartete Empörung blieb aus. Elisabeths Augen strahlten.

„Sydney, Tess, welch eine Gelegenheit!"

Sie zog sich ihre Bluse zurecht und blickte mich feierlich an.

„Ich komme mit!"

Wie bitte? Ich hatte von meiner Sekretärin erwartet, dass sie mir diesen Plan ausreden würde. Sie sollte zu Francis stürmen und ihm erklären, dass er nicht mehr bei Sinnen sei. Natürlich hätte ich Elisabeth dann vor dem Rauswurf gerettet, heldenhaft und uneigennützig. Aber sie war Feuer und Flamme. Sie wollte dahin, mit mir. Hm, mit Elisabeth durch Sydney streifen, da gab es schlimmere Dinge. Aber halt, warum wollte Elisabeth ans Ende der Welt?

„Mein Bruder lebt mit seiner Familie dort", kam die prompte Antwort.

Hatte ich die Frage laut gestellt? Ein Arztbesuch wurde dringend nötig, um mein Gehirn zu untersuchen. Ich wurde das Gefühl nicht los, dass mein Gehirn machte, was es wollte, sogar meine Zunge bewegen.

„Hä?" fragte mein Hirn beleidigt, „wieso sollte ich?"

Ich antwortete nicht. Es war unter meiner Würde, dauernd Zwiegespräche mit diesem Hirn zu führen.

„Ach jetzt plötzlich", maulte mein Hirn.

Ich massierte meine Schläfen. Elisabeth bemerkte die Bewegung.

„Schätzchen, du musst jetzt nicht die Entscheidung deines Lebens treffen."

Ich nickte. Es klopfte an meiner Tür. Elisabeth schwang sich auf, um die Türe zu öffnen. Patrick stand davor. und kassierte einen mürrischen Blick meiner guten Seele.

„Tess hat jetzt keine Zeit!"

Ich lächelte schwach. Elisabeth war besser als jeder Türsteher.

„Ist schon gut, Elisabeth!" beruhigte ich sie.

Widerwillig ließ sie Patrick eintreten.

„Er tut dir nicht gut", grummelte Elisabeth, „aber Sydney!"

Sie verließ hoch erhobenen Hauptes das Büro, darin ähnelte sie wieder ihrer Namensgeberin. Ich schrieb mir kurz einen Zettel: Karten fürs Musical kaufen. Das Musical ihrer Namensgeberin lief in Frankfurt.

Ich schaute von meinem Schreibblock auf, Patrick blieb unschlüssig an der Türe stehen.

„Wer ist Sydney?" wollte er wissen.

Ich überlegte kurz, er dachte nicht einmal an die Stadt. Hatte Francis ihm nichts gesagt? Warum war der Pressesprecher von der Stellenbesetzung nicht informiert worden? Sydney, hm, sollte ich ihn aufklären?

„Nicht wer, sondern was!"

Patrick sah weniger intelligent drein als vorher. Dann fing er langsam an zu begreifen, seine Gesichtszüge entspannten sich und er zog eine Augenbraue hoch.

„Die Stelle in Sydney?"

Ich nickte bloß. Ich biss mir auf die Lippen, ich hatte ein schlechtes Gewissen. Patrick wäre der perfekte Kandidat für Sydney, doch Francis hatte ihn nicht gefragt.

„Eine Gelegenheit, Tess. Weit weg von Frankfurt, von Hamburg, du solltest sie annehmen."

Das war typisch Mann, immer einen Fluchtweg suchen! Ich wollte nicht weglaufen. Meine Probleme kämen mit, selbst wenn ich auf den Mond flöge. Aber das verstand Patrick nicht. Torsten lief gewissermaßen auch weg. Um neu anzufangen, war es wichtig, in seiner Vergangenheit aufzuräumen. Dann wäre ich im Reinen mit mir und der Welt. Zu Zeit war ich das nicht, mit mir nicht, mit Torsten nicht, mit Patrick nicht, mit meiner Mutter nicht.

Mir wurde bewusst, dass ich nicht gehen konnte, ehe ich nicht aufgeräumt hatte. Ich würde in Sydney nicht glücklich werden. Und dann war da der Unbekannte, der sich in mein Herz geschlichen hatte, ohne dass es mir bewusst war, wie sehr.

„Sag mal", wechselte Patrick plötzlich das Thema. „Meinst du, dass 50.000 € für die Mafia reichen, um einen Mord in Auftrag zu geben?"

Ich grinste von einem Ohr zum anderen.

„Ach", sagte ich, „ich habe ein paar Etat-Posten, die ich nicht wirklich brauche."

Patrick blickte mich prüfend an. Was denn? Ich bin ja nicht so doof, einen Etat für Unvorhergesehenes zu beantragen, wenn es Posten gab, die man aufblähen konnte, ohne das Geld je zu benötigen.

„Und wie hast du diesen Etat bei Christoph beantragen können?" fragte er verblüfft.

„Tja", trällerte ich, „Etatsitzungen solltest du bei Christoph immer mit einem tiefausgeschnittenen Dekolleté erledigen."

Ich schaute ihn herausfordernd und triumphierend an.

„Solltest du beim nächsten Mal versuchen, vielleicht bringt es was."

Ich zwinkerte ihm neckisch zu, da fiel mein Blick auf die Wikipedia-Seite Sydney. Ich versank plötzlich wieder in mir und meinen Gedanken.

Patrick merkte, dass ich mich ins Nachdenken geflüchtet hatte.

„Wegen mir brauchst du nicht gehen", sagte er leise. „Tu es für dich!"

Er verließ mein Büro, und ich flüchtete mich in meine Tagträume.

KAPITEL 6

Wie jeden Montagabend kamen wir zusammen, um das vergangene Wochenende zu diskutieren. Das war schon lange Tradition. Während die Frauenrunde immer die gleiche ist, ändert sich die Männerrunde, je nachdem, mit wem wir Frauen zusammen sind. Wie immer bestand die Runde aus Francis, meiner Schwester Nicole, meiner besten Freundin Linda und mir. Die Geschichte mit Patrick hatte schnell die Runde gemacht. Francis schüttelte fassungslos den Kopf. Als ich dann die Geschichte mit dem Unbekannten hinterher schob, hatte ich die Aufmerksamkeit meiner engsten Freunde verloren.

Patrick betrat die Bar. Ich runzelte die Stirne. Francis sah mich entschuldigend an.

„Wird Zeit, dass ihr euch aussprecht. Ich sehe nämlich langfristig ein Problem, wenn der Abteilungsleiter der Presse mit der Abteilungsleiterin des Marketing gestört kommuniziert."

Ach, und dafür wählte er ausgerechnet unseren Stammtisch-Montag aus? Sollte ich das witzig finden? Es war nicht mein Problem, wenn Patrick meinte, mir Steine in den Weg zu legen. Er hätte Silke für mich verlassen, ich hätte nur sagen müssen, dass ich ihn liebe. Aber da lag mein Problem. Er verließ Silke erst, wenn er mich sicher als neue Partnerin hätte. Sie zu verlassen, weil er sie nicht mehr liebte, auf die Idee war der Herr Schmalspurdenker nicht gekommen.

Patrick kam an unseren Tisch. Und das, wo ich meine Freunde wegen des unbekannten Mannes gebraucht hätte. Meine Schwester Nicole, die nicht viel von Patrick hielt, fand noch weniger Gefallen an diesem Unbekannten, den ich unbedingt kennenlernen wollte. Und so erzählte sie Patrick von meiner Autobahnromanze.

Patrick setzte sich neben mich. Sein Aftershave machte mich wieder nervös. Er roch so verdammt gut!

„Hey", sagte er.

Er versuchte, einen Schritt auf mich zuzugehen.

„Lange nicht gesehen", witzelte ich.

Er grinste leicht. Da unsere Büros nebeneinander lagen, sah ich ihn länger und öfter als jeden anderen. Er bestellte sich ein Bier.

„Lasst euch nicht stören."

Francis sah uns beide an.

„Ihr solltet reden."

Nicole, Francis und Linda bezahlten.

„Wir treffen uns beim Australier", sagte meine Schwester.

Ich nickte nur.

Als wir alleine waren, schwiegen wir eine ganze Weile. Ich wollte nichts mit Patrick ausdiskutieren.

„Also, wer ist es?"

„Wer ist was?"

„Der neue Mann in deinem Leben!"

Was ging ihn das denn an?

„Wie alt? Welchen Job hat er? Hat er eine Frau?"

AHHHHHHHHHHHHHHHHHHH
H! Ich stieß einen Schrei aus. Das wusste
ich doch selber nicht. Das wollte ich ja
herausfinden.

„Warum machen Frauen das?"

Was denn jetzt schon wieder?

„Was machen wir Frauen?" fauchte
ich.

„Diesen Schrei ausstoßen, wenn ihr
keine Antworten mehr wisst."

„Und warum stellt ihr Männer
immer rhetorische Fragen?" donnerte ich
zurück.

„Wieso rhetorisch?" fragte Patrick
irritiert.

„Wollt ihr wirklich eine Antwort
hören?"

„Das impliziert eine gestellte
Frage."

Warum blieb Patrick immer so ruhig?

„Ach, ich dachte, ihr stellt Fragen, um dann eure Ruhe zu haben."

Ich verlor mich in unlogischen Argumenten.

„Ein Mann stellt einer Frau nie eine Frage, wenn er seine Ruhe haben will, weil die meisten Frauen darauf antworten und das nicht mit einem Satz, der einem Mann Ruhe verspricht."

Oh, wir werden witzig. Innerlich grinste ich über Patricks Antwort. Ja, ich gebe es zu, das war nicht mein bester Schlagabtausch.

„Ich weiß nicht, wer er ist", antwortete ich unvermittelt.

Überraschte Augenpaare richteten sich auf mich.

„Ich wollte erst einmal wissen, warum ihr Frauen immer AHHHHHHHHHHHHHH-brüllt, wenn wir euch Fragen stellen."

Ach so. A ha. Das interessierte ihn brennender, als die Frage, wer der fremde Mann in meinem Leben war. Logisch, Patrick war ja doch mehr an sich interessiert als an anderen.

„Na ja, weil es Dinge gibt, die ihr unbedingt wissen wollt, aber dann auch nicht. Und da wir das schon wissen, lassen wir lieber einen Schrei los, als uns in rhetorischen Abhandlungen zu verlieren, bei denen ihr Männer schon beim Anfangssatz aussteigt, um darüber nachzudenken, wie ihr unerkannt den Raum verlassen könnt, um entweder die Sportschau zu schauen, im Hobbyraum zu werkeln, die Zeitung zu lesen oder um euch mit Dingen zu beschäftigen, von denen ihr wirklich Ahnung habt!"

Ich holte tief Luft, oh ja, gegen diese Argumentationslinie war Patrick machtlos. Meine Rechnung ging auf, mein Gegenüber schwieg.

„Wann habe ich dich verloren, Patrick?"

Wir grinsten uns gegenseitig an.

„Bei deinem ersten ah". Doch sein Grinsen verriet mir, dass er mir die ganze Zeit gefolgt war. Er war halt doch ein Gentleman. Ich hakte mich bei ihm unter.

„Herr Kollege, verputzen Sie mit mir ein Känguru."

Patrick lachte. Er öffnete mir die Türe, verbeugte sich und ließ mir den Vortritt.

„Aber erst rede ich ein ernstes Wort mit Herrn Unbekannt."

Ich zog an seinem Arm.

„Untersteh dich, sonst aktiviere ich meinen Etat für Unvorhergesehenes und hetze dir doch noch die Mafia auf den Hals!"

Lachend verschwanden wir in dem Licht, dass die Straßenlaternen auf den Bürgersteigen widerspiegelten.

KAPITEL 7

Als Nächstes galt es, meine Mutter wieder gut zu stimmen. Mein Vater hatte schon mehrmals bei mir angerufen, um mir zu erklären, dass er mich enterbt, wenn ich seine Frau nicht in bessere Laune bekäme. Er müsse sich jeden Morgen anhören, dass ich mein Leben ruiniert habe. Das würde ihn davon abhalten, seine Zeitung zu lesen. Mein Vater erklärte mir, dass ich erwachsen genug sei, zu wissen, ob ich mein Leben ruinieren wolle, aber er bat mich inständig, seines wieder ins Lot zu bringen. Sonst wäre er gezwungen, die Sinnhaftigkeit der Pensionierung hinterfragen, oder ob er eine Partei wählen müsse, die die Pensionierung ab 100 Jahren einführt, da er in seiner Zeit als Bankdirektor wenigstens die Zeit und Ruhe hatte, im Auto mit Chauffeur die Zeitung zu lesen. Ich versuchte zaghaft einen Witz zu reißen, indem ich meinem Vater vorschlug, einen Studenten zu engagieren, sich morgens von diesem eine Stunde auf der Autobahn kutschieren zu lassen, um in Ruhe seine Zeitung zu lesen. Doch mit einem „Fräulein" verdeutlichte mir mein Vater, dass ich sofort bei meinem Elternhaus anzutreten habe, um mich bei meiner Mutter zu entschuldigen.

Ich rief bei meiner Mutter an und sie lud mich zum Abendessen ein. Wenigstens klang ihre Stimme normal. Sie war nicht mehr sauer.

Als ich vor meinem Elternhaus stand, wurde ich wieder zum Kind. Die

Erinnerungen an die Vergangenheit holen mich am Tor zum Elternhaus immer ein. Partys, die gefeiert wurden, die heimlichen Ausflüge über das Fenster des Kinderzimmers auf das Dach der Garage. Heute weiß ich, dass unsere Eltern wussten, was wir so trieben, und ich bin mir sicher, dass sie es als Teil des Erwachsenwerdens betrachteten. Im Grunde genommen sind Eltern nicht verkehrt, außer dass man, egal wie alt man ist, in seinem Elternhaus immer wieder zum Teenager wird, der über das Kinderzimmerfenster abhaut. Mein Vater sagte einmal, ihr bleibt unsere Kinder, bis wir tot sind. Nach jedem Streit mit meiner Mutter, gehe ich mit einem flauen Magen zu ihr und anstelle zu sagen, dass ich Mitte 30 bin, meinen Unterhalt selbst bestreite, denke ich nur, lass diese Diskussion endlich zu Ende sein.

Ich öffnete die Türe, denn nicht nur meine Eltern haben einen Schlüssel in mein Reich, ich habe auch einen zu ihrem. In der Eingangshalle roch es nach Lavendel. Es war der Duft meiner Kindheit, und ich spazierte an keinem Lavendelbusch vorbei, ohne meine Hände durchstreifen zu lassen.

„Jemand zu Hause?" rief ich.

Ich legte den Mantel ab, und ging in das Wohnzimmer. Dort fand ich meine Mutter an der Kaffeetafel mit ihren Freundinnen. Ich schluckte innerlich, jetzt saßen da alle Frauen, die schon von der missratenen Tochter gehört hatten, und kicherten wie Teenager. Eigentlich war ich von einem Abendessen ausgegangen, nicht von einem Kaffeeklatsch.

„Hallo mein Schatz!"

Meine Mutter stand freudestrahlend auf. Sie war immer noch eine attraktive Frau, witzig, manchmal jedenfalls und bestimmt. Sie gab mir einen mütterlichen Kuss auf die Wange und schob mich dann auf einen freien Stuhl. Natürlich war Francis Mutter, Gräfin zu Kollberg, auch da. Francis Familie zählte zu unseren Freunden, dank der Freundschaft zwischen Nicole und Francis. Unsere Mütter hatten in der Schulzeit viel Ehrenamtliches geleistet. Ich stöhnte innerlich.

„Kuchen, mein Schatz?" flötete meine Mutter.

Ich kenne keinen besseren Konditor, als unseren Eiding in Bad Homburg. Einem Stück Zimttorte konnte ich nicht widerstehen. Wobei es keine Rolle spielte, ob es eine Zimttorte war oder eine Schokotorte, die Kuchen und Torten waren ein Genuss und hoben meine Laune erstaunlich schnell wieder an.

Während meine Mutter mir die Torte auf den Teller schob, sahen mich alle neugierig an.

„Wie geht es dir, Tess?" fragte Frau Schulze, eine Nachbarin. Ha ha, lachte ich innerlich. Das wisst ihr doch schon. Verdammt, wo war mein Vater? Wahrscheinlich geflohen, nachdem er seine Packung abbekommen hatte. Welcher Vater erträgt das Gespräch von Frauen, die sich darüber beklagen, was die Pensionierung ihren Männern angetan hat. Ich sollte meinem Vater dringend raten, mit den Ehemännern der anwesenden Frauen, eine Trekking-Tour durch den Himalaya zu planen. Ich grinste innerlich bei dieser Vorstellung.

„Gut, danke", antwortete ich endlich.

Ich lächelte entwaffnend, in der Hoffnung, dass ein „gut, danke" reichen würde.

„Und Torsten?" fragte eine andere Nachbarin meiner Eltern so nebenbei.

Aha. Ich sah meine Mutter kurz an, die geschäftig den Zucker in ihrem Kaffee tot rührte. Ein Zeichen dafür, dass meine Mutter ihr Leid geklagt hatte. Ich nahm ihr das nicht übel, sie traf sich mit ihren Freundinnen wie ich, um das Leben zu diskutieren.

„Sehr gut, wissen Sie, ich habe ihn betrogen, den Traummann aller Schwiegermütter, ich habe ihn gehen lassen, und wissen Sie noch etwas, es geht mit sehr gut!"

Verdutztes Schweigen. Damit hatte keine der Frauen gerechnet.

Sehr gut, lobte mein Hirn mich.

Hä? Morgen geht's zum MRT, mein Hirn lobt mich. Folge: Hirn kaputt....

In das peinliche Schweigen platzte mein Bruder Simon. Er kam fröhlich flirtend mit einer Frau ins Wohnzimmer, die völlig von meinem Torsten ablenken ließ. Gepierct in der Nase, mit lila Haaren und Kleidern, als käme sie aus einem japanischen Manga. Zum Glück saßen die Damen alle, denn der Schreck stand ihnen ins Gesicht geschrieben.

„Hallo!" grinste mein Bruder fröhlich. „Ich habe mir erlaubt, meine Freundin mitzubringen!"

Ich sah Simon dankbar an, der mir heimlich zublinzelte. Auf meine Geschwister war Verlass. Während die Damen zusahen, wie sich Simon und seine Freundin, deren Namen wir noch nicht kannten, an die feine Tafel setzten, öffnete sich die Tür erneuert, und Nicole platzte mit Francis ins Wohnzimmer. Himmel, was denn noch? dachte ich vergnügt.

„Mutter, du wirst es nicht glauben! Aber Francis hat gefragt, ob ich seine Frau werden will!"

Strahlend schaute Nicole in die Runde. Ich sandte ihr einen dankbaren Blick zu, gab ihr aber ein Zeichen, dass sie mich nicht mit einer Sensation aus den Klauen der Damen retten müsste. Simon hatte das netterweise schon erledigt. Irgendwas zeigte mir die Art, wie Francis den Arm um Nicole legte, dass es keine Geschichte war, die mich retten sollte. Simon und ich warfen uns vielsagende Blicke zu.

Es war Gräfin zu Kollberg, die diese Stille auflöste. Sie stand auf und nahm Nicole in die Arme.

„Es wird auch Zeit, meine Liebe."

Ich zwinkerte jetzt Francis an, der mir ein Zeichen gab, ihm nach draußen zu folgen.

„Was war das denn?" fragte ich ihn, als ich ihm ins Arbeitszimmer meines Vaters folgte.

„Ich hoffe, du kannst damit leben", antwortete er knapp.

Wieso nicht? Er würde mein Schwager werden, nicht mein Ehemann.

„Nein, Francis, das ist kein Problem für mich."

Er nickte nur.

„Ich will Privates und Geschäftliches trennen, Tess, mache dir bitte keine Sorgen. Allerdings solltest du dir wirklich überlegen, ob du nicht nach Australien gehst."

Was hatte er denn nur?

Ich schaute ihm ernst in die Augen. Ich musste ihm gestehen, dass ich zu diesem Zeitpunkt nicht gehen konnte. Ich wollte ja nicht, dass es wie eine Flucht aussah.

„Francis, ich kann nicht gehen."

Er nickte bloß.

„Ich verspreche dir, dass ich Patrick gegenüber netter sein werde, und dass ich

Persönliches von Privatem trennen werde. Du wirst kein Ärger mehr haben."

Er lächelte mich schwach an. Er glaubte mir nicht, dafür kannte er mich zu lange.

„Wer ist eigentlich die Frau bei Simon?"

Francis war ein Künstler im Thema wechseln.

„Eine Bekannte", kam es von der anderen Ecke des Raums. Francis und ich sahen uns erstaunt um. Mein Vater saß in seinem hohen Schreibtischstuhl. Wir hatten ihn nicht einmal bemerkt, als wir in das Arbeitszimmer kamen.

„Papa!" rief ich.

Mein Vater stand grinsend auf und kam auf uns zu.

„Als ich Simon sagte, dass du heute kommen würdest, wollte er unbedingt auch kommen. Die Bekannte war seine Idee. Er wollte Mama schocken und dich retten."

„Aber Papa", antwortete ich zärtlich und drückte ihm einen Kuss auf die Wange. „Jetzt kannst du die nächsten Wochen wieder keine Zeitung lesen."

Mein Vater winkte grinsend ab.

„Du kennst Mama, sie nimmt Simons Freundinnen nicht ernst. Lange hält dieses Gesprächsthema nicht an."

Er wandte sich Francis zu.

„Und? Feiern wir jetzt?"

Francis lachte. Er legte seinen Arm um Papas Schulter und führte ihn fröhlich aus dem Arbeitszimmer. Ich blickte den Beiden nach. Während sie das Zimmer verließen, schnappte ich mir das Telefon und wählte Torstens Nummer.

KAPITEL 8

Linda und ich pflegen die Tradition, uns sonntagabends Schmachtfilme anzusehen. Diese Filme sind so realistisch, wie die Werbung einer bekannten Schlankheitsmarke, in der sich die Frau am Flughafen sich in der Fensterscheibe anschaut, begeistert von ihrer Figur, die keinerlei Rundungen aufweist, weshalb man sie am liebsten in ein Restaurant zerren möchte, um sie mal zu füttern. Diese Frau mit der perfekten Figur, stolziert an einer Schlange von wartenden Männern vorbei und schnappt sich das einzige Taxi, das gerade einfährt. Wie realistisch ist das??? Erstens: Dass die Frau tatsächlich an einer Schlange aus nur wartenden Männern bestehend, vorbeigeht (sind die Frauen ausgestorben?) und Zweitens: dass Taxis am Flughafen Mangelware sind. Und Drittens: dass sie nicht gelyncht wird, weil sie sich das einzig vorfahrende Taxi schnappt, obwohl sie gar nicht in der Schlange stand. Ich finde solche Werbeagenturen umwerfend, ich würde ihnen gerne raten, diesen Spot mit echten Menschen mit einer normal Figur zu probieren, ein paar Frauen mit in die Schlange zu stellen, um dann zu sehen, was passiert. Ich bin der Überzeugung, dass weder Mann noch Frau, die gerade aus dem Flugzeug gestiegen sind, es amüsant finden, Stunden auf ein Taxi zu warten, nur um sich dann das einzig einfahrende vor der Nase wegschnappen zu lassen.

Aber solche Spots sind Balsam für die Seele, sie lassen einen träumen, dass es Dinge gibt, die es nicht gibt.

Und so beschlossen Linda und ich, Schmachtfilme à la Rosamunde Pilcher zu schauen. Inspiration für den Garten, und Balsam für die Seele, was will Frau mehr?

Mit einem Weinglas und einer Schüssel voller Chips (die echt fettigen), saßen wir auf meinem Sofa und fieberten der neusten Liebesgeschichte entgegen. Linda war gerade in einer Anti-Mann Stimmung. Das änderte sich aber schnell wieder ändern, ich nahm diese Stimmungsschwankungen gar nicht mehr so wahr.

„Eine Liebe im Herbst" wurde gezeigt. Allein die Landschaftsaufnahmen waren die ganze Sache wert.

„Meinst du nicht auch, " knusperte Linda an ihren Chips, „Landschaftsarchitekten müssten Filme von Pilcher als Seminar belegen?"

Ich grinste und stellte mir die Architekten vor, wie sie sonntäglich Rosamunde Pilcher schauten, um sich die Inspiration für die Gärten zu holen.

„Warum regnet es eigentlich nie in England?" fragte ich dagegen.

„Ha ha", lachte Linda, „das liegt an der globalen Klimaerwärmung!"

Ja, logisch. England wird mediterran. Und dann passierte es: Die Heldin fuhr mit ihrem Mietwagen auf einen alten englischen Wagen auf. Ich setzte mich unwillkürlich gerade hin. Sie stieg aus ihrem Auto, wandte sich an den Mann. Der gutaussehende, große Retter.....schaute ihr in die Augen. Ich nahm einen Schluck Rotwein. Und dann fragte er sie: „Wollen sie einen Kaffee mit mir trinken?"

Pssssssssssssssst. Der Rotwein spritzte mir aus dem Mund. Ich verschluckte mich derart, dass die Tränen anfingen zu laufen. Linda sah mich böse an. Ihr standen Tränen in den Augen, aber vor Rührung.

„Was?" fuhr sie mich an.

Ich schüttelte mich vor Lachen.

„Schätzchen", gluckste ich, „wie realistisch ist das denn?"

Linda sah mich verständnislos an. Sie schüttelte den Kopf.

„Schau dir den Wagen an, das ist der Stolz des Mannes. Und eine hirnlose Frau fährt diesen Stolz um. Was bitte würde ein Mann sagen?"

Linda wusste nicht, worauf ich hinaus wollte. Sie hob eine Augenbraue und warf mir einen Blick zu, der sagte: „Du bist kindisch."

Ich schwieg und wischte die Rotweinspritzer weg, Gott sei Dank waren sie auf meinem Couchtisch gelandet. Was sagte denn ein Mann, wenn ich ihm hinten drauf führe? Wahrscheinlich: „Sie Idiotin, passen sie doch auf!" Aber vorzuschlagen, einen Kaffee trinken zu gehen?? Obwohl, wäre das nicht ein Versuch wert? Wenn ich einen schicken Mann im Auto sehen sollte, einfach hinten auf zufahren? Ups, Entschuldigung, habe das Gaspedal mit der Bremse verwechselt. Würde das funktionieren?

Ich war so versunken in dieser Idee, dass ich nicht bemerkte, wie Linda mich beobachtete. Sie musterte mich schon länger, denn sie sagte plötzlich scharf:

„Denk erst gar nicht daran, meine Süße!"

Das Problem an der besten Freundin ist, dass sie einen genau kennt. Sie weiß, bei welchem Thema man gedanklich stehengeblieben ist, obwohl man sich thematisch schon wieder woanders befand. Der Blick verriet einen.

„Woran denn?" fragte ich unschuldig. „Ach.....jetzt ist der gutaussehende Typ auch noch der Verlobte der Schwester."

„Lenk nicht ab, Tess", antwortete Linda. Sie wandte sich mir zu. Sie zog das linke Bein auf das Sofa, so dass sie sich mir zuwenden konnte.

„Glaubst du wirklich, dass ein Mann einen zum Kaffee einlädt, wenn man in sein Auto gerumst ist?"

Linda wurde streng.

„Ich weiß es nicht, Tess. Und ich rate dir zu deinem eigenen Schutz, es auch nicht herausfinden zu wollen."

Ich wollte es aber, und Linda wusste es.

„Na ja, einen kleinen Schupser vielleicht?"

„Ein kleiner Schupser, meine Liebe", fing Laura in strengem Ton an, „und du kannst dir eine neue Autoversicherung suchen."

Ich biss mir auf die Lippen. Mist. Linda war meine Versicherungsmaklerin, es war definitiv keine gute Idee, sie in solche Gedanken einzubeziehen.

„Ein Kratzer an deinem Auto...."

Ich blickte Linda erst bittend, dann flehend und dann schmollend an, aber sie blieb hart.

„BITTE."

Linda versuchte, sich wieder auf den Film zu konzentrieren. Plötzlich huschte ihr ein Lächeln über die Lippen.

„Kannst ja Patricks Auto nehmen."

Gute Idee. Die Antwort, die auf einen Kratzer folgte, kannte ich. Zu blöd zum Autofahren. Typisch Frau. Das wären seine Sprüche.

„Ach, und das würdest du dann nicht als Absicht bei der Versicherung abtun?" fragte ich sie.

Meine Freundin grinste diabolisch.

„Nö, du würdest was für die Menschheit, in diesem Sinne für die Frauheit, tun."

Frauheit, Linda, du bist begabt, was deine Wortschöpfungen anging.

„Ich hätte gerne noch eine Versicherung gegen Körperverletzung, dann könnte ich mich trauen, Patricks Auto zu demolieren."

Ich prostete Linda zu, und war beflügelt von unserem Fernsehabend. Mit meiner ältesten Freundin war es am leichtesten Filme anzusehen. Sie verstand mich blind.

„Was machst du denn jetzt mit Sydney?" fragte sie mich, als der Film zu Ende war.

Ich schwieg. Sydney war für mich keine Lösung. Ich konnte nicht annehmen, es wäre ein Davonlaufen. Außerdem gab es ja diesen Unbekannten. Ich hatte es mir zur Aufgabe gemacht, ihn zu finden und für mich zu gewinnen. Nur wie gewinnt man jemanden, dessen Namen man nicht kennt.

„Wo bist du?" fragte Linda.

Ich grinste. Linda sah sofort, wenn ich an etwas anderes dachte.

„Wie findet man jemanden, dessen Namen man nicht kennt?"

„Du rufst die Polizei an", antwortete Linda sofort.

Ein Lächeln huschte mir über mein Gesicht. Ich stellte mir das Gesicht des Polizisten vor, wenn ich ihm schilderte, warum ich den Fahrer des Kennzeichens F-AL 1605 kennenlernen wollte. Allerdings, wenn ich einen Unfall mit ihm hätte, so einen kleinen Rumser im

Stopp-and–Go auf der A661, dann bekäme ich seine Daten.

„Denk nicht daran!" knurrte mich Linda an.

Oh Mann, sie ist gut! Eine Freundin, die alle Gedanken liest, ehe sie ausgesprochen werden. Ich setzte mein charmantestes Lächeln ein.

„Aber Linda, träumen darf ich doch davon!"

„Ein Traum, Tess, und ich sehe dir das an, und ich kündige dir deine Autoversicherung!"

Okay, falsch gedacht. Linda räkelte sich.

„Zeit ins Bett zu gehen!"

Sie stand auf und ging in Richtung Gästezimmer.

„Sag mal, Süße, du hast doch das Bett frisch bezogen, oder?"

Besorgt schaute mich Linda an. Ich stutzte erst, ehe mir bewusst wurde, worauf sie anspielte. Hatte ich? War ich nach der Nacht mit Patrick nochmal in diesem Zimmer gewesen? Ich war mir da gar nicht so sicher. Linda stöhnte leise. Sie öffnete zaghaft die Türe zum Gästezimmer, als fürchtete sie eine Epidemie.

„Fremdgang ist nicht ansteckend!" flüsterte ich amüsiert.

Die Gute zog die Augenbraue hoch und sah in das Zimmer. Es sah ordentlich aus und ich ahnte, dass meine Mutter an jenem Katertag dieses Zimmer sofort gereinigt hatte. Ich fragte mich, ob sie einen Exorzisten bestellt hatte, um das Zimmer von Dämonen zu befreien, doch mir wurde bewusst, dass meine Mutter für solch einen Unsinn keinen Sinn hatte.

„Gute Nacht, Linda!" sagte ich, als ich bemerkte, dass sie sich zufrieden aufs Bett fallen ließ.

Ich zog mich in mein Schlafzimmer zurück und legte mich aufs Bett. In dieser Nacht träumte ich von meinem Unbekannten und von einem kleinen Autounfall.

KAPITEL 9

Wenn man nach einiger Zeit wieder auf den Mann trifft, den man einmal geliebt hat, mit dem man sein Leben teilte, dann passieren merkwürdige Dinge. Das Herz plappert vor sich hin und das Hirn widerspricht. Das Dilemma, welches man Leben nennt, macht sich in einem breit und verlangt eine Entscheidung.

Als Torsten sich ankündigte, seine Sachen aus dem Haus zu holen, stellte ich mir unsere Begegnung vor: Heraus kamen zwei mögliche Enden, eines diktiert von meinem Herzen, das andere diktiert von meinem Verstand:

Diktiert von meinem Verstand:

Torsten steht an der Tür und hält mir seinen Schlüssel hin. Er wirkt müde und ernst. Es ist ja keine leichte Sache seine Kisten zu packen, um das Haus zu verlassen, das man gebaut hat, um sich ein Nest zu bauen. Wortlos nehme ich seinen Schlüssel entgegen und mache ihm den Weg ins Haus frei. Er tritt ein und folgt mir in die Küche, wo ich ihm einen Tee zubereite. Als der Wasserkocher ausgeht, brühe ich ihm seinen Tee auf, stelle ihm die Tasse auf den Tisch und sage leise: „Ich bin dann bei meiner Schwester, ruf an, wenn du fertig gepackt hast!"

Er folgt mir, doch ich schüttele nur den Kopf.

„Es geht nicht Torsten, zwischen uns ist es aus!"

Damit lasse ich ihn zurück in der Küche, ohne Entschuldigung und ohne Chance, mir weitere Fragen zu stellen.

Diktiert von meinem Herzen:

Torsten steht an der Türe und hält mir seinen Schlüssel hin. Er wirkt müde und ernst, und ich widerstehe der Versuchung, ihn in meine Arme zu schließen. Ich möchte ihm zeigen, was er mir bedeutet. Er spürt, dass ich zögere, also geht er auf mich zu und nimmt mich in seine Arme. Ich lasse ihn ins Haus, und wir treten wortlos in die Küche ein, dort bereite ich uns einen Tee zu. Er lächelt sogar ein bisschen. Ahnt er, dass ich ihm sagen will, was ich fühle: dass ich ihn um Verzeihung bitte? Ich habe nicht aufgehört, ihn zu lieben. Er ist immer noch der wichtigste Mann in meinem Leben. Der Wasserkocher stellt sich aus, und ich brühe den Tee auf. Ich setze mich an unseren Esstisch und sehe die Liebe meines Lebens lange an.

„Es tut mir leid, was ich dir angetan habe, Torsten!"

Er lächelt, doch er schweigt.

Alles, was sich Herz und Verstand ausgedacht haben, bleibt ohne Reaktion des Gegenübers. Denn weder das Herz noch der Verstand kennen Torstens Einstellung.

Es klingelte an der Türe. Innerlich rüttelte ich mich wach, um meine Tagträume loszuwerden.

Müde schlich ich zur Haustüre, öffnete sie und da stand er: Torsten. Anders als in meinen Vorstellungen sah er vergnügt, glücklich und zufrieden aus. Er lächelte, als er mich sah.

„Hallo!" sagte er freundlich.

Was bedeutet das, wenn der Ex-Freund freundlich ist? Sollte er nicht seltsam sein, abwesend, distanziert? Er drückte mir einen Kuss auf die Wange. Er roch nach Wind, so frisch. Wir gingen in das Haus, das uns beiden so vertraut war. Es war ein altes Haus aus den 60er Jahren, das wir gemeinsam renoviert und eingerichtet hatten. Es war ein komisches Gefühl, Torsten wie einen Gast zu behandeln, da er in diesem Haus doch keiner war. Doch Torsten hatte die Sache im Griff. Er zog den Mantel und die Schuhe aus, holte seine Hausschuhe und damit war es, als sei alles wie immer. Nichts hatte sich verändert. Nur ich und mein Herz hatten sich geändert. Torsten litt, das sah ich, obwohl er den „Coolen" mimte, war er alles andere als cool. Er hatte nie aufgehört, mich zu lieben, genauso wenig wie ich ihn. Aber ich hatte aufgehört, an eine Institution zu glauben, die sich Familienverbund nannte, dass die Liebe niemals sterben wird. Ich liebte Torsten auf freundschaftliche Weise, aber genügt Freundschaft, um lebenslang miteinander zu verbringen? Wir traten in unsere heimische Küche ein. Ich setzte Wasser auf.

„Wie geht es dir?"

Ich lächelte kurz.

„Gut, Francis hat mir eine Stelle in Sydney angeboten!"

„Sydney, Australien?"

Ich drehte mich um und sah in ein entsetztes Gesicht. Was kümmerte ihn das? Er war doch in Hamburg.

„Ja", schaltete sich mein Hirn ein.

„Ach, auch wieder da...."

„Ich war nie weg", maulte mein Hirn. „Hamburg und Sydney ist wohl ein kleiner Unterschied."

„Wieso...liegt beides am Wasser!"

Ich konzentrierte mich auf den Wasserkocher. Torsten schwieg und starrte auf den Tisch.

„Wenn du gehen solltest, geh für dich", fing er langsam an. „Geh nicht, weil du abhauen möchtest."

Ich wurde wütend. Ich haute nicht ab. Ich hatte nicht vor, vor meinen Problemen davonzulaufen.

„Ich gehe nicht", zwang ich mich, ruhig zu bleiben. „Ich habe Francis abgesagt, weil ich meine Probleme mitnehmen würde."

Ich sah seinen bewundernden Blick. Ich goss uns einen Tee auf, die Teeblätter wirbelten wie ein Orkan in der Kanne herum.

„Torsten, was geschehen ist, tut mir aufrichtig Leid, wirklich!"

Ich stellte die Teekanne auf den Küchentisch. Torsten holte unsere Teebecher und goss ein. Wie ein eingespieltes Team stellten wir die Dinge hin, die wir zum Tee trinken brauchten. Jeder Handgriff saß.

„Aber ich glaube, die Dinge sind so gelaufen, weil ich dich nicht mehr liebe. Nicht mehr, wie ich es mal getan habe!"

Torsten schaute schweigend in seine Teetasse. Sein Hirn arbeitete, das sah ich. Die Gesichtszüge waren fein, aber angespannt, denn seine Gesichtsknochen bewegten sich. Er hatte Mühe, sich zu beherrschen.

„Wahrscheinlich hast du Recht, Tess. Wahrscheinlich war es das Beste, was uns passieren konnte."

Ich weiß bis heute nicht, ob er meinte, was er sagte. Ich akzeptierte dankbar seine Antwort, sein Angebot, meine Entschuldigung anzunehmen. Wir verbrachten zum ersten Mal seit langem einen entspannten Abend. Wir redeten über unsere Familien, über die Arbeit, und ich hatte das Gefühl, noch nie so viele Worte an einem Abend mit Torsten gewechselt zu haben. Ich wollte nicht herausfinden, ob er meinte, was er sagte, oder ob er an diesem Abend die Vorstellung seines Lebens gegeben hatte. Ich war ihm dankbar, dass er mich vom Haken ließ. Er reichte mir an die Hand fürs Leben, obwohl es einen hohen Preis für sein Wohlbefinden kostete. Er wurde in diesem Moment ein wichtiger Freund für mich.

KAPITEL 10

Ich hätte nie gedacht, dass ich selbst beim Einkaufen Mitleid erzeugte. Irgendwie schienen alle zu bemerken, dass ich nur noch die Hälfte einkaufte. Die Wurstverkäuferin, der Käseverkäufer wie auch die Kassiererin warfen mir mitleidige Blicke zu.

Die Krönung war schließlich mein Bäcker. Der junge Mann, der mich seit Jahr und Tag an der Theke bediente, verkaufte mir zum ersten Mal ein labbriges Baguette. Ich bemerkte es nicht gleich. Erst als ich vor dem Supermarkt auf meinen frechen Bruder traf, kam ich hinter den Schwindel. Simon foppte mich wegen der Einkäufe, und ich hielt es für angebracht, ihm mein frisches Baguette über den Kopf zu ziehen. Statt in der Mitte durchzubrechen, knickte es traurig ein, als sei der gesamte Saft aus dem Brot verschwunden.

Ich schaute mein jämmerliches Baguette an und stürmte zurück zum Bäcker.

„Sie!"

Mir waren die vielen Menschen, die in der Schlange standen, egal.

„Ich hatte um ein frisches, knuspriges Baguette gebeten."

„Und?" fragte mich der Verkäufer genervt.

Ich fuchtelte mit dem labberigen Brot vor seinem Gesicht herum.

„Sehen Sie selbst, das ist ein saftlose Wurst, der das Viagra entzogen wurde."

Die Gesichter um mich wirkten plötzlich belustigt, auch der Verkäufer verkniff sich das Grinsen nicht.

„Was hatten Sie denn mit ihrem Baguette vor?"

Wie bitte? Was ich...also, das war doch eine Frechheit!

„Ich habe es meinem Bruder über den Kopf gehauen und – wäre es frisch gewesen - hätte es zerbrechen müssen."

Der Verkäufer kassierte einen Kunden ab, weiterhin sein dämliches Grinsen im Gesicht.

„Hat Ihre Mutter Ihnen nicht erklärt, dass man mit Essen nicht spielt?"

Ich sah ihn kurz an. Meine Mutter hätte uns das nie erlaubt, obwohl die Vorstellung mit ihren Fleischbällchen Golf zu spielen, doch verlockend war ... hey, lenk mich nicht ab!

Ich sah ihn wütend an.

„Ihre Zähne würden auch motzen, wenn Sie so etwas Labberiges kauen müssten."

Er grinste.

„Das trainiert ihre Kaumuskeln, außerdem hilft es beim Abnehmen, wenn sie 50-mal auf dem Baguette kauen, es dürfen aber keine 49 oder 51-mal sein, sonst verliert die Abnahme-Kur seine Wirkung!"

Machte er sich über mich lustig? War ich etwa zu dick? Seit meiner Trennung von Torsten aß ich weniger Mahlzeiten, dafür mehr Nervennahrung, wie Schokolade, Gummibärchen ... oh mein Gott, ich wurde fett, das war seine Aussage!

„Ach stecken Sie sich doch ihr Baguette sonst wo hin!" fuhr ich ihn an.

Er sah mich provozierend an und ahmte mit seiner rechten Hand eine tuntige Bewegung nach.

„Aber gerne doch, der Traum meines Feierabends!"

Ich sah ihn zornig an, doch da mich alle beobachteten, zog ich mit hochrotem Gesicht ab. Wieso denken alle, dass Schwule so tuntig reden? Ich finde, Schwule sind völlig normal, das ist ja das verdammte Problem: Man merkt den meisten Männern gar nicht an, dass sie schwul sind. Und Frauen fühlen sich zu diesen schnell hingezogen. Leider.

Wenn ich dachte, ich wäre mit meinem Bäcker-Freund nach dieser Episode fertig gewesen, hatte ich mich getäuscht.

Als ich das nächste Mal ein Baguette bei ihm kaufte, gab er mir eine blaue Pille dazu. Wie lange hatte er auf diese Steilvorlage gewartet. Ich sah ihn hochnäsig an.

„Wissen Sie, wenn man den ganzen Tag nur mit Broten umgeben ist, scheint man wunderlich zu werden!"

Ha, da hatte ich es ihm gegeben. Doch er grinste schon wieder.

„Wunderlich wird man bei der Kundschaft, die man bedienen muss!"

Autsch ... 1:1 wie vielen Runden ist man k.o.?

„Warum lässt man Sie eigentlich auf Kunden los? Sie sind unfreundlich und grob!"

„Manchmal brauchen Bäckereien Türsteher, um Kunden wie Sie bedienen zu können."

„Oho, Freundchen, da haben Sie sich die falsche ausgesucht!"

Ich war jetzt in Fahrt, er leider auch. Die Schlange hinter mir wurde immer länger.

„Wissen Sie, wenn eine verwöhnte Göre wie Sie keinen Mann mehr hat, dann ist sie nicht nur verwöhnt, sondern wird verbittert und giftig!"

„Wer sagt denn, dass ich keinen Mann mehr habe?"

„Die Art wie Sie ihr Baguette halten!" konterte er.

Ich ließ mein Baguette fallen.

„Noch eine Beleidigung und ich verklage Sie!" fauchte ich.

„Oh, ja, vielleicht kann ich Sie zum Fallbeispiel meines 1. Staatsexamens machen", schoss er zurück.

Staatsexamen? Wieso? Seit wann braucht man als Bäcker ein Staatsexamen? Ich sah ziemlich belämmert aus.

„Ich bin Jura-Student", antwortete er mir versöhnlich auf meine nicht gestellte Frage.

Ich kam mir plötzlich total blöd vor, doch ich ging nicht, ohne das letzte Wort zu haben.

„Schön." sagte ich bissig, „Wenn Sie das erste Staatsexamen bestanden haben, dürfen Sie wieder mit mir sprechen. Dann sind wir wieder auf einem Level."

Ich drehte mich um, und legte einen dramatischen Abgang hin.

„Ich fand, dass ich Ihnen die ganze Zeit überlegen war!" rief er mir hinterher.

Meine Schultern fielen in sich zusammen, und ich verließ den Supermarkt und schwor mir, mein Baguette woanders zu kaufen.

Als ich im Auto saß und mein Baguette hypnotisierte, fing ich plötzlich an zu lachen. Ich lachte solange, bis mir die Tränen liefen. Ich hatte mir ein Duell geleistet, mit einem Mann, der humorvoll und witzig war. Arme Männer, was sie mit mir erleideten!

Da klopfte es an meine Fensterscheibe. Ich wischte mir die Tränen von den Wangen und öffnete das Fenster auf. Der Verkäufer lehnte an meinem Auto und steckte den Kopf durchs Fenster.

„Wollen Sie mit mir ausgehen?"

Er sah plötzlich sehr schüchtern drein. Ich schaute tief in seine grünen Augen.

„Ja", lächelte ich. „Warum nicht?"

Und ich bemerkte, wie die Wolken aufrissen und ein Lichtstrahl durch die Düsternis trat.

KAPITEL 11

Manchmal beginnen Freundschaften auf Umwegen. Als Oliver und ich das erste Mal miteinander ausgingen, wurde uns schnell klar, dass wir kein ernsthaftes Interesse aneinander hatten. Wir wollten unseren Spaß, aber nicht im sexuellen Sinne. Wir verstanden uns auf Anhieb. Er war humorvoll und witzig, doch hatte er auch eine ernsthafte Seite. Wir liebten es, uns zweideutige SMS zu schicken, Wortspiele zu spielen. Aber das war es dann auch. Ich fand diese Erfahrung wichtig, und unsere Freundschaft zählte bald zu den intensivsten, die ich hatte. Oliver konnte Linda nicht ersetzen, aber wir führten oft lange, tiefgründige Gespräche, wobei es uns immer wichtig war, die Sicht des anderen Geschlechts zu erfahren. Uns wurde dadurch bewusst, dass das Leben zwischen Mann und Frau voller Missverständnisse bestand. Dass Mann und Frau dennoch miteinander lebten, grenzte an einem Wunder.

Oliver amüsierte sich über meine Geschichte mit dem Unbekannten, doch er sah auch, dass ich litt. Seinen Vorschlag, einen Tag Urlaub zu nehmen, um dann die A 661 hin und her zu fahren, fand ich süß, aber nicht umweltfreundlich. Und bei der Länge der Strecke konnte es mir passieren, dass ich ihn verpasse. Es half nichts, der Unbekannte blieb verschwunden. Meine Stimmung sank auf den Nullpunkt. Ich fuhr immer zur gleichen Zeit ins Büro, doch das

Auto blieb verschwunden. Was war ich für eine Idiotin? Sich nach einem Autokennzeichen umzusehen, um Herzklopfen zu bekommen?

Im Büro lief alles seinen Gang, außer dass Elisabeth grummelte, weil ich nicht nach Sydney umzog. Sie sprach nur das Nötigste mit mir, doch als sie sah, wie ich über die Flure schlich, wie wenig ich Patrick widersprach, machte sie sich ernsthafte Sorgen.

Patrick und Francis waren ungewöhnlich aufmerksam mir gegenüber. Francis Grund war, dass er eines Tages meine Schwester heiraten würde. Aber Patricks? Es wäre seine Stunde gewesen, doch mein Kollege war Sportler. Er schlug seinen Gegner nicht k.o., wenn der schon am Boden lag.

Dass er mich beobachtete, vereinfachte die Sache nicht.

Einmal die Woche kam Sascha, um meinen Computer zu entsperren. Beim zehnten Mal änderte er mein Passwort auf ABC. Mein Hirn hatte sich verabschiedet. Es bedurfte großer Anstrengung, es zu aktivieren. Noch nie hatte es ein Mensch geschafft, mich derartig aus dem Gleichgewicht zu bringen. Doch es war möglich. Ein „PING" aus dem Computer weckte meine Lebensgeister: Ich hatte eine E-Mail. Ich sah kurz den Absender aufflackern. Torsten. Lustlos öffnete ich sie.

„Liebe Tess! Ich hoffe, Dir geht es gut. Hamburg liegt gerade im Nebel, aber das gibt der Stadt eine besondere Note..."

Klar, London bei Nebel und Jack the Ripper ist unterwegs, dachte ich boshaft.

Seit wann gibt Nebel eine besondere Note? Torsten hasste Nebel......mein Hirn fing an zu arbeiten.

„Ich werde bald kommen, um meine Sachen abzuholen. Ich habe endlich eine schöne Wohnung gefunden. Das Leben im Hotel ist vorbei. Ist Dir nächstes Wochenende recht? Tess, ich weiß, dass es Dir Leid tut, und ich möchte, dass Du weißt, dass ich Dich immer in meinem Herzen tragen werde. Aber ich wollte Dir ankündigen, dass ich mit einer Frau kommen werde....."

Schlimmer ging immer! schoß es mir durch den Kopf. Wie schnell ist das denn passiert? Mir ein schlechtes Gewissen einzureden, aber der Herr fackelte nicht lange. Ich las die Mail nicht mehr zu Ende. Es reichte. Er hatte mir neulich erklärt, dass ich seine Welt zum Einstürzen gebracht hatte, na ja, hat ja nicht sehr lange gebraucht, dass eine Lego-Baumeisterin seine Welt wieder zusammen baute.

Es klopfte und Patrick steckte den Kopf in die Türe rein.

„Hast du eine Minute?"

Nee, habe ich nicht. Ich habe gar keine Minuten mehr, weil ich nämlich gleich sterben werde. Ich habe die Faxen dicke, und dann fragte ausgerechnet Patrick mich, ob ich eine Minute habe.

Lächelnd hob ich mein Haupt und bat ihn, sich zu setzen.

Patrick räusperte sich. Er wirkte verunsichert. Das war etwas, was ich gar nicht an ihm kannte. Was war denn los?

„Tess", fing er an. Er wurde abwechselnd rot und blass in seinem

Gesicht. Himmel, rede doch endlich. So schlimm kann es doch nicht sein.

„Ich habe die Stelle in Sydney angenommen."

Raus war´s. Mein Gesicht erfror. Ich befand mich definitiv im falschen Film. Was würde denn heute noch alles passieren? Erwartungsvoll und besorgt schaute er mir ins Gesicht. Ich konnte nicht mehr anders. Es wurde mir eng um den Hals. Ich hatte das Gefühl, dass sich meine Luftröhre zuschnürte. Ich sprang von meinem Stuhl auf und verließ mein Büro. Die Tränen schossen mir in die Augen, ich wollte an die frische Luft. Patrick blieb nur kurz in seiner verdutzten Reaktion gefangen. Er sprang auf und folgte mir.

Aufzug, bitte komm!!! Der Aufzug kam und ich sprang rein. Schnell drückte ich auf E, doch Patrick und Elisabeth erreichten gleichzeitig den Aufzug und hielten ihn auf.

„Tess!" entfuhr es Elisabeth besorgt.

Ich schüttelte den Kopf und sah sie bittend an. Ich wollte nicht vor Patrick weinen. Diese Tür sollte sich schließen, damit ich meinen Tränen freien Lauf lassen konnte. Elisabeth sah meinen Blick, zog Patrick sanft von der Fahrstuhltüre weg, so dass sich diese schließen und ich endlich ins Freie gelangte.

Unten atmete ich die Winterluft ein. Es war Februar, der Frühling zum Greifen nahe. Ich lief los. Einfach nur weg! Ich lief, bis ich nicht mehr wusste, wo ich war. Vor dem Maintower rannte ich in einen Mann hinein. Hastig warf ich ihm ein

„Entschuldigung" entgegen, und lief dann wieder weiter.

Es gibt Momente in unserem Schicksal, da könnten wir uns in den Hintern treten, dass wir nicht mit offeneren Augen durch das Leben laufen. Doch die Neuigkeiten vernebelten meine Sicht. Mein Herz und mein Verstand konzentrierten sich auf nichts anderes als darauf, mir den sicheren Weg ins Büro zurückzuweisen. Sie hatten keine Möglichkeit, mir Dinge zu zeigen, die mir mein Leben erleichtert hätten.

Als ich zwei Stunden später wieder im Büro ankam, eilte ich schnurstracks zu Patrick. Seine Erleichterung zu sehen, befremdete mich. Doch er war erleichtert.

„Ich freue mich für dich, Patrick!"

Er lächelte kurz und stand dann auf. Langsam kam er auf mich zu.

„Komm mit, Tess!"

??? Hirn???

„Du hast richtig gehört", antwortete mein Hirn.

Ich zog fragend die Augenbraue hoch. Was sollten der Pressesprecher und die Marketingleitung in Australien? Ich glaube nicht, dass Francis das zugelassen hätte.

„Patrick, das macht keinen Sinn!"
Er stand jetzt direkt vor mir.

„Tess, überleg dir das nochmal mit uns. Wir sind ein Traumpaar!"

Nein, das waren wir eben nicht. Ich bewegte mich einen Schritt weg von ihm, ich glaubte nicht, was er mir eben vorgeschlagen hatte. Er war mit Silke liiert.

Und ich wusste, dass Silke glaubte, er mache ihr bald einen Antrag. Er hatte seiner Freundin gegenüber nie eine Andeutung gemacht, dass es aus sein könnte, sie lebte in dem Glauben, alles sei in bester Ordnung.

Ich sah ihm direkt in die Augen.

„Patrick, ich liebe dich nicht. Du bedeutest mir etwas, aber nicht genug, um dir auf einen anderen Kontinent zu folgen."

Ich strich ihm mit meiner Hand über die Wange.

„Tut mir leid!"

Mit diesen Worten verließ ich das Büro und stieß auf dem Flur mit Francis zusammen. Er kam auf mich zu, ergriff meinen Ellbogen und führte mich in mein Büro. Leise schloss er die Tür.

„Tess, mach eine Pause!"

Das liebte ich an meinem Chef, er kam sofort auf den Punkt.

„Mir geht es gut, Francis!"

Francis warf mir einen mürrischen Blick zu. Ich konnte von Glück sagen, dass er mein Chef war. Kein anderer hätte es gestattet, dass wir für 2 Stunden weglaufen, nur weil uns persönliche Probleme belasten.

„Fahr ein paar Tage weg!"
Die Idee war gar nicht so verkehrt. Dann könnte Torsten kommen, in Ruhe seine Sachen abholen. Und ich müsste ihm nicht begegnen. Patrick hätte sich bis dahin wieder beruhigt. Wahrscheinlich hatte Francis Recht.

„Ich denke, das ist eine gute Idee. Wann soll ich meinen Urlaub nehmen?"

„Fang sofort an, Tess. Ich genehmige dir hiermit eine Woche Urlaub."

Er drehte sich um und ging zur Türe. Er zögerte beim Öffnen.

„Du hast doch noch eine Woche Urlaub gut?" fragte er kurz, ohne mir sein Gesicht zuzudrehen.

„Nö", grinste ich, „den Urlaub habe ich schon über das Jahr verteilt. Aber ich bin sicher, dass mein Chef und zukünftiger Schwager einen Weg finden wird, mir Sonderurlaub zu genehmigen."

Ich sah Francis Grinsen nicht, doch ich wusste, dass er grinste.

„Schönen Sonderurlaub, Tess" sagte er und schloss die Türe.

Als Linda und Oliver hörten, dass ich nach Paris fuhr, schlossen sie sich kurzentschlossen an. Ich gebe zu, dass ich ihnen in der Hoffnung, dass sie mitführen, von meinen Plänen erzählt hatte. Ich fand es netter, wenn zwei Freunde mitkämen.

KAPITEL 12

Nicole war am gleichen Abend, alarmiert von Francis, bei mir aufgeschlagen, und wollte wissen, was mich so durcheinandergebracht hatte. Ich erzählte von Torsten und seiner neuen Freundin, von Patricks Job und seinem Angebot, ihn nach Australien zu begleiten. Nicole hörte mir aufmerksam zu und nahm mich dann in die Arme. Das tat gut! Dafür war sie meine große Schwester. Sie kommentierte und urteilte nicht, aber sie gab mir immer das Gefühl, für mich da zu sein. Wenn nötig, gab sie auch einmal einen Kommentar ab.

Nicole beschloss, das Wochenende mit Francis ebenfalls in Paris zu verbringen.

Wir hatten das Hotel Régyn's am Place des Abbesses in der Nähe von Montmartre gebucht. Vom 4. Stock aus hat man eine Traumaussicht auf den Eiffelturm oder auf Montmartre, je nachdem wohin die Fenster zeigten.

Ich genoss den Ausblick aus meinem Fenster auf den Eiffelturm. Paris war meine zweite Heimat geworden, wie oft hatte ich hier die Ferien verbracht. Eine Freundin meiner Mutter lebt hier, ebenfalls auf Montmartre. Ich hatte auf ihre kleinen Kinder aufgepasst, als ich als Studentin in Paris lebte. Ich liebe die Menschen und die Stadt, ihre Eigenheit niemanden zu verstehen, der nicht des Französischen mächtig war. Es war schon fast dunkel, doch die Lichter der Stadt erhellten diese in einem besonderen Glanz. Der Eiffelturm stand prächtig und wie ein Fels in der Brandung. Er strahlte eine Beständigkeit und Zuverlässigkeit aus, und doch ängstigte mich die Höhe. Ich dachte dabei immer an die Geschichte des kleinen Mannes von Erich Kästner, dessen Eltern vom Eiffelturm geweht worden waren. Die des kleinen Mannes, nicht die Eltern von Erich Kästner.

Wie romantisch, die Lichter am Eiffelturm blinkten! Ich versank in Erinnerungen an Paris. An meine langen Spaziergänge an der Seine, im Parc du Luxembourg. Ich hatte damals „Les Misérables" von Victor Hugo im Parc du Luxembourg gelesen, in der Hoffnung Marius zu begegnen. Meine vielen Stunden in den Museen, bei Monets Seerosen. Stundenlang saß ich im Keller der

Orangerie und genoss die Ruhe, die von den Bildern ausging. Ich habe Picasso und Rodin lieben gelernt und bin erfolgreich an der Mona Lisa im Louvre vorbei gelaufen, nur um dann auf Delacroix *La Liberté guidant le peuple* zu stoßen, und meine Lieblingsfigur aus „Les Misérables" wiederzufinden: Gavroche.

Ich freute mich so, dass ich mich entschieden hatte, nach Paris zu reisen, dass ich alles vergaß. Torsten, dessen Enttäuschung ich hörte, dass er mich nicht sehen würde. Patrick, der nicht verstand, warum mir ein wildfremder Mann wichtiger war, als eine Zukunft mit ihm in Frankfurt oder Sydney. Alles das erschien mir wie in einem anderen Film, weit weg und unwichtig. Heute Abend würde ich zu meinem geliebten Sacre-Cœur laufen und

176

die Seele baumeln lassen. Ich dankte Francis für diesen Tritt. Es gab mir das Gefühl des inneren Friedens, als ich am Fenster stand. Die Stadt der Liebe hatte mich wieder verzaubert. Das erste Mal seit langem fühlte ich mich frei.

Als Linda und Oliver an die Türe klopften, war ich noch nicht ausgehfein. Sie stürmten in mein Zimmer und gesellten sich zu mir ans Fenster.

„Traumhaft!" entfuhr es Linda, während sie mit leuchtendem Blick auf den Eiffelturm starrte.

„Ich war noch nie in Paris", bemerkte Oliver. „Mädels, ihr habt viel Arbeit! Zeigt mir die Stadt der Liebe, zeigt mir die Liebe!"

Theatralisch ließ er sich auf mein Bett fallen, während Linda und ich uns zu ihm umdrehten. Es ließ sich nicht vermeiden, deshalb stimmten wir gleichzeitig in den Song von Lady Marmelade ein.

„Voulez vous couchez avec moi?"

Oliver grinste. Doch Linda stoppte irgendwann ab.

„Ich habe Hunger!"

Wir beschlossen, unser Geld auf Montmartre zu lassen und oben bei Sacre-Cœur essen zu gehen. Dass wir dort das Dreifache zahlten, war uns klar, doch es spielte keine Rolle.

„Was bedeutet eigentlich der Satz?" fragte Oliver beim Rausgehen.

Linda und ich sahen ihn verdutzt an. Hatte Oliver nicht behauptet, er könne Französisch? Ich grinste.

„Es heißt, wollen Sie mein schlimmster Alptraum sein!" antwortete ich breit grinsend.

Linda nickte bestätigend mit dem Kopf. Oliver grinste. Ich beobachtete ihn eine Weile. Verstand er die Sprache doch??? Testete er uns? Oliver hakte sich bei uns ein.

„Oh ja, manche Frauen sind wirklich ein Alptraum!"

Da wusste ich, dass er mich durchschaut hatte.

Spaziert man an einem Wintertag in Paris auf der Champs-Elysées entlang, dann wird einem der Satz „Sie nehmen es von den Lebenden" deutlich vors Auge geführt.

Nachdem wir im Louvre besagte Mona Lisa wieder links liegen gelassen hatten, waren wir über die Tuilerien in die

Orangerie marschiert. Dort genossen wir den Anblick der Seerosen von Monet. Nach dem sinnlichen Eindruck, in einer anderen Welt gewesen zu sein, liefen wir am Obelisken vorbei auf den Arc de Triomphe zu. Die Architektur und die Schönheit Paris ließen mich wieder staunen. Das ungeordnete Autofahren und die chaotischen Fußgänger wiederum versetzten mich in Verwunderung, dass nicht mehr Unfälle passierten. Aber in dieser Unordnung schien eine unausgesprochene Ordnung zwischen den Parisern zu herrschen.

Paris im Februar ist nicht ein Traum, aber es hat etwas. Die Kälte, die sich in diesem Becken sammelt, so wie sich im Sommer die Hitze staut, war unerträglich. Auf der Champs-Elysées angekommen, waren wir uns einig, dass wir eine warme Getränke-Pause benötigten.

In einem Café ließen wir uns nieder, so dass wir das Treiben auf der Champs-Elysée beobachten konnten. Die Massen der Touristen, die einmal in ihrem Leben auf der Edelstraße der Welt flanieren wollten, gaben einem den Eindruck, dass sie nie wieder diese Chance hätten. Geschäftig wurde fotografiert, eiligst in den Läden verschwunden, um dann mit Mengen an Tüten wieder rauszukommen. Die Zeit schien auf der Champs-Elysées nicht stehenzubleiben.

Die Wärme des Cafés tat uns gut, wir hätten nur sitzenbleiben können, aber wir fanden es unhöflich, nichts zu bestellen.

„Ich muss in einen der Edelläden", fing Linda an.

„Aber nicht in dieser Kleidung",
spottete Oliver.

Linda hob fragend die Augenbraue.

„Wieso? Lässt meine Kleidung auf
mein Bankkonto schließen?"

Oliver lachte. Er erklärte uns, dass wir
in unseren Kleidern aussehen, als hätten wir
kein Bankkonto. Wir müssten erst einmal
gescheite Kleidung kaufen, bevor wir in
den Edelläden einkaufen könnten. Typisch
Mann!

„Gut, dann ziehe ich morgen mein
Chanel-Imitat an und gehe damit zu
Escada!"

So war Linda. Sie würde es fertig
bringen in einem Konkurrenzprodukt in ein
anderes Modegeschäft zu wanken. Ich
grinste sie an.

„Was?" fragte sie säuerlich. „Ich kann doch auch mit dem Geld, das ich bei der Dresdner Bank geholt habe, zur Deutschen Bank gehen, ohne die Wirtschaft zu ruinieren."

Für ihre unverwechselbaren Vergleiche liebte ich Linda. Sie verstand nie, warum rote und grüne Paprika unterschiedlich teuer sind. Eine Paprika war eine Paprika, und nur weil sie das Pech hatte rot oder grün zu sein, durfte sie preislich nicht übervorteilt werden.

„Ja, meine Süße, zieh dein Chanel-Kostüm an und mache die Modeläden unsicher."

Der Kellner brachte unsere warmen Getränke. Ich lechzte nach meiner heißen Schokolade.

„Könnte es sein, dass dir die Kälte zu Hirn geschlichen ist?"

Oliver sah Linda vorsichtig an. Ich hatte urplötzlich ein komisches Gefühl. Hörte ich Untertöne? Ich sah von einem zum anderen, aber entweder waren die beiden gute Schauspieler oder aber es lief wirklich nichts zwischen den Beiden. Ich schaute versunken aus dem Fenster, während sich die Wärme des Kakaos in meinen Bauch ausbreitete. Wohltat! Dachte ich mir, als mein Blick auf ein Paar fiel. Sie lachten miteinander. Ich blieb am Gesicht des Mannes hängen. Und plötzlich schlug ich mir an die Stirn.

„Autsch!" protestierte mein Hirn.

Auch schon da? Knurrte ich innerlich. Ich schnappte mir meine Jacke und rannte auf die Straße. Linda und Oliver schauten mir verwundert nach, doch sie blieben brav sitzen, denn ich hatte das Geld in meiner Jackentasche. Sie wollten nicht als Zechpreller verhaftet werden.

Auf der Straße sah ich nach rechts und nach links, doch das Paar war verschwunden. Mein Herz raste. Ich fasste es nicht: Da musste ich nach Frankreich fahren, um den EINEN wiederzusehen, und dann entwischte er mir. Nur, was sollte ich ihm sagen? Hallo, ich kenne Sie, jedenfalls das Hinterteil ihres Autos und ihr Kennzeichen. Super Idee ... und wer war die Frau? Seine Frau? Natürlich, wieso sollte ein Mann wie er Single sein?

Gefrustet kam ich ins Café zurück, wo mich zwei erleichterte Augenpaare anschauten. Die beiden hatten sich schon ausgemalt, das Geschirr zu spülen.

„War der Teufel hinter dir her?" fragte Oliver, nachdem ich mich gesetzt hatte.

Ich erzählte, wen ich gesehen hatte. Linda schüttelte den Kopf. Sie fand, dass der Fremde kein Recht hatte, hier in Paris aufzutauchen, um mir meine Woche, in der ich versuchte einen freien Kopf zu bekommen, zu verderben. Sie war der Ansicht, dass ich mich mit einem netten Franzosen vergnügen sollte. Das letzte Mal als ich mich mit einem Mann vergnügte, fing mein Leben an, kopfzustehen. Ich wollte nicht wieder irgendwas Dummes machen.

„Ist nicht dein Ernst?" fragte mein Hirn fassungslos.

Ich wusste selber, dass meine Einstellung naiv war, doch so war es. Ich hatte mich in den Mann verliebt und wollte es nicht durch ein Abenteuer kaputt machen. Ich kam mir vor wie Scarlett O' Hara. So wie sie bei Sonnenaufgang schwor, nie wieder Hunger zu leiden, so schwor ich mir an diesem Tag in Paris um eine Liebe zu kämpfen, die so wenig Zukunft hatte wie ein Leben mit Torsten oder Patrick. Aber ich hatte mir etwas in meinen Kopf gesetzt und wusste, dass ich es schaffen würde. Und wenn ich die Autobahn sperrte.

„Erde an Tess!"

Ich schaute erschrocken auf. Linda zeigte auf den Kellner, der kassieren wollte. Als ich die Rechnung sah, fiel ich fast vom Stuhl. 30 Euro für zwei Wasser, einen Kakao, einen Kaffee und einen Tee? Ich schluckte und beschloss, es bei 30 Euro zu lassen, ohne Trinkgeld. Meiner Ansicht nach war genug für die Kellner in den 30 Euro enthalten.

Als wir an die frische Luft kamen, bat ich die beiden, weder Francis noch Nicole zu verraten, wem ich hier begegnet sei. Mein Chef würde mir nie wieder einen spontanen Urlaub genehmigen, um meinen Kopf frei zu bekommen.

Das Wochenende mit Nicole und Francis verlief ruhig. Wir benahmen uns wie Touristen: Wir fuhren den Eiffelturm hoch, wanderten an der Seine entlang und für eine Weile vergaß ich den Fremden. Dass ich in Frust-Shoppen verfiel, bemerkte ich erst, als ich Nicoles Gesicht sah. Und mir wurde bewusst, dass es mir schlechter ging, weil dieser Fremde meine Gedanken umnebelte, mehr als es je ein Mann in der Lage war.

KAPITEL 13

Frühling! Endlich wieder ein warmer Sommerstrahl, endlich wieder Farben. Die Krokusse blühen, die Schneeglöckchen heben ihre Köpfe. Es geht nichts über diese Jahreszeit. Menschen, Tiere und Natur streifen den Winter ab, schütteln ihr Haar und erneuern ihr Dasein. Der Frühling ist die schönste Jahreszeit, weil endlich die Erstarrung des Winters abfällt.

Ich war wieder auf dem Weg ins Büro, ohne Gedanken an einen bestimmten Mann. Lange hatte ich seinen Wagen auf der Autobahn nicht mehr gesichtet, und ich fragte mich, ob er weggezogen war. Es war kindisch, sich in ein Phantom zu verlieben, aber dieser Gedanke erschien mir nicht mehr so schwarz wie im Winter. Ich schaute nach vorne, fing an, mein Leben zu genießen. Und ich beschloss, nicht mehr den Männern nachzuweinen.

Torsten hatte mir im Februar seine Entscheidung deutlich gemacht, als er mir per E-Mail sagte, dass er nicht mehr bereit war auf mich zu warten, und eine neue Frau in sein Leben ließ. Patrick hatte Silke im März einen Heiratsantrag gemacht, sie war im vierten Monat schwanger.

Ich fuhr meine übliche Route auf der A661 und blieb im stockenden Verkehr hängen. Das Radio spielte seine täglichen Hits und irgendwie erschien mir der Tag wie gewöhnlich. Es ist schon Wahnsinn, wie sich Menschen einem täglichen, routinierten Trott hingaben. Aber wehe, ein

Puzzleteil wagte es, sich unter dem Teppich zu verstecken, dann lief der Tag aus dem Ruder.

Obwohl ich mir selbst versprochen hatte, nicht mehr nach dem bestimmten Auto Ausschau zu halten, tat ich es im Unterbewusstsein doch. Er müsste bald Geburtstag haben, wenn ich sein Kennzeichen richtig interpretiert habe.

Oder aber, höhnte mein bösartiges Hirn, es ist sein Hochzeitstag. Ach, halt die Klappe, sagte ich leise. Mein Hirn kicherte und ich fing an, mir ernsthafte Gedanken über meinen Gemütszustand zu machen.

Ich fühlte mich wie eine Löwin auf der Jagd, mit dem Unterschied, dass ich, im Gegensatz zu diesem Raubtier, nicht wusste, was ich jagte. Und da ist sie die Beute, dachte ich mir. Ich sah die Löwin neben mir auf der Autobahn laufen. Jeder Muskel war angespannt, der Schwanz vibrierte, sie hatte die Beute im Blick. Das Hinterteil fing an zu wackeln, ehe sie zum Sprung ansetzte.

Quietsch, Boing. Um nicht über Rot zu fahren, war ich mit Schwung auf die Bremsen gestiegen. Dabei würgte ich meinen Motor ab. Ich errötete. Ich hatte das Gefühl, jedem war mein Missgeschick aufgefallen.

Als ich in meinen Rückspiegel sah, erblickte ich ihn. Mein Herz tat einen Hüpfer. Das Auto, nachdem ich solange Ausschau gehalten hatte, stand plötzlich hinter mir.

Ich warf unauffällig einen Blick in den Rückspiegel und verfing mich in Tagträumen. Die Ampel schaltete auf Grün um, ich fuhr an und es machte bums. Die dunkle Limousine hing auf meinem Hinterteil. Ich schüttelte mich, während um mich herum alles anfing, zu hupen. Wütend stieg ich aus meinem Auto aus. Wusste der Idiot nicht, dass bei Grün der erste Wagen an der Haltelinie das Tempo vorgibt? Ich ging zur Fahrertür meines Hintermannes, das Gehupe um mich herum genauso ignorierend, wie die Blicke, als sei ich nicht ganz dicht.

Der Fahrer des dunklen Autos blieb seelenruhig sitzen, als ich an seine Fensterscheibe klopfte. Er ließ sie herunter und blickte mich freundlich an.

„Sie halten den Verkehr auf!" sagte er seelenruhig mit britischem Akzent.

Wie blieb er nur so ruhig bleiben? Er war mir gerade hinten auf gefahren.

„Das könnte Ihnen so passen!" fuhr ich ihn an. „Sie sind mir hinten drauf gefahren!"

„Wie bitte?"

Er klang verdutzt.

„Wollen Sie nicht aussteigen?"

„Warum?" Er klang immer noch amüsiert.

„Messen Sie doch mal den Abstand zwischen unseren Autos!"

Er stieg doch aus, nachdem er zuvor den Warnblinker angemacht hatte. Er nahm mich an der Hand und führte mich zu meinem Auto.

„Sehen Sie?"

Warum sprechen Männer immer so betont langsam, wenn sie glauben, im Recht zu sein? Ich sah auf unsere Autos.

Scheibenkleister, er war im Recht. Ich und meine Tagträumerei.

„Das nächste Mal fragen Sie mich doch einfach, wenn Sie mich kennenlernen wollen!"

Er grinste. Oh, wie ich das hasste. Dieses Grinsen, wenn man ertappt wird .

„Ach", konterte ich, ohne zu wissen, ob das klug war. „Dafür steht Ihr AL im Kennzeichen?"

Mit belustigendem Blick hob er fragend eine Augenbraue.

„Für ARSCHLOCH!"

Er grinste.

„Ich bin Australier."

Während er sprach, gluckste er vor Vergnügen.

„Das Wort, welches Sie so leichtsinnig verwenden, hat in der englischen Sprache eine andere Abkürzung."

Er zwinkerte mir belustigt zu. Australier! Ehemalige Strafkolonie der britischen Krone. Somit sind sie im Tiefsten ihres Herzens Briten, steif und überheblich.

„Gott sind Sie steif!" entfuhr es mir.

Herrgott, Hirn, hör auf, mich zu torpedieren, und hilf mir mal.

Der Australier hob seine Augenbraue.

„An mir ist gar nichts steif!" antwortete er erstaunt.

Steilvorlage! Jubelte mein Hirn. Gib's ihm. Ha ha ha. Hirn, halt jetzt die Klappe oder ich lass dich entfernen. Aber meine Zunge hatte sich mit meinem Hirn solidarisiert.

So hörte ich mich nur sagen: „Gut das zu wissen, bevor die Enttäuschung noch größer hätte werden können!"

Ich stieg wieder in mein Auto ein. Aber nicht ohne das, von meiner Kinderstube, geforderte „es tut mir leid" zu murmeln. Doch so einfach ließ mich der Australier nicht vom Haken.

„Glauben Sie nicht, nachdem wir hier den Verkehr aufgehalten haben, dass Sie mir mehr schulden als eine Entschuldigung?"

Hä? Wie bitte? Ich schuldete ihm gar nichts. Ich drehte mich um. Er hielt mir seine Karte entgegen.

„Wenigstens einen Kaffee und eine lustige Erklärung."

Er war weder sauer, noch beleidigt, eher amüsiert und neugierig. Ich nahm seine Karte und lächelte verlegen.

„Mal sehen", sagte ich.

Dann stieg ich ein und fuhr weiter. Er folgte mir eine kurze Strecke, dann bog er in den Oeder Weg ein. Er blendete als Gruß kurz auf. Ein leichtes Lächeln umspielte meine Lippen.

Ich war endlich angekommen, im Frühling, dem Monat des Wiedererwachens der Natur, Tiere und Menschen.

Am Abend kamen wir zu unserer traditionellen Tratsch-Runde zusammen. Francis schüttelte verzweifelt den Kopf, während Linda das Ganze amüsant fand. Nur Nicole war verdächtig still. Ich bestellte mir einen Prosecco, und wir überlegten, welche Schritte ich als Nächstes unternehmen sollte.

„Auf keinen Fall rufst du an!" sagte Nicole. „Wenn er was will, soll er sich melden."

„Ach", bemerkte Francis zynisch. „Immer soll der Mann den ersten Schritt machen."

„Er hat ja schon den ersten Schritt gemacht!"

Ich zeigte triumphierend seine Karte. Francis entzog sie mir und schaute sie sich an.

„Oha, " entfuhr es ihm. „Hast du dir die Karte mal genauer angesehen?"

Die Bedienung brachte mir meinen Prosecco. Wir hatten es uns in der Bar 52 auf der Fressgasse gemütlich gemacht.

Doch jetzt konzentrierte ich mich auf einen schmunzelnden Francis.

„Du hättest mein Job-Angebot annehmen sollen."

Er reichte mir die Karte wieder. Den ganzen Tag hatte ich mir nicht einmal die Karte angesehen. Mit einem fragenden Blick nahm ich diese entgegen und las.

„Andrew Lake, Konsul, Australisches Generalkonsulat."

So alt sah er doch gar nicht aus! Waren Konsule nicht uralt und standen kurz vor der Pensionierung? Und warum fuhr ein Konsul mit seinem Privatauto durch die Gegend? Oh je, und ein Konsul hatte eine Familie, schließlich brauchte man im Ausland eine repräsentative Frau.

„Australien?"

Nicole schaute genauso entgeistert.

„Wirf die Karte weg, Schwesterchen. Der bricht dir dein Herz!"

„Aber das ist doch ein Zeichen, nach einem halben Jahr weiß ich endlich, wie er heißt!"

Ich stotterte. Linda nahm einen Schluck von ihrem Prosecco.

„Schätzchen, ich sag dir, was ein Zeichen ist: mindestens zehn Hauptstädte, die zwischen Frankfurt und Sydney liegen, wobei dies nur die Hauptstädte sind, die das Flugzeug überquert. Mehrere Gewässer, darunter das Mittelmeer, das Arabische Meer, der Indische Ozean, das Südchinesische Meer. Ach ja, und der Golf von Bengalen, über dem gibt es immer herrliche Turbulenzen!"

Sie sah mich herausfordernd an.

„Wenn Tom Hanks in „Schlaflos in Seattle" dachte, eine Reise von der Ost- an die Westküste der USA sei eine unüberwindbare Barriere zu Meg Ryan, dann hast du ein echtes Problem!"

Das war typisch Linda, die schlimmste Katastrophe wurde in den blumigsten Farben beschrieben. Als beste Freundin sah Linda sich in der Pflicht, mir die schlimmsten Szenarien zu offerieren, damit ich meine Handlungen gut überdachte.

Aber es gab ihn, und nur, weil er Australier war, sollte ich mich nicht melden? Oder weil ich einen Mann mit gesellschaftlichen Rang kennengelernt hatte? Nicole erläuterte ins kleinste Detail meine Begegnung mit Andrew. Ich verpasste ihr einen Tritt, doch ich verfehlte sie und traf stattdessen Francis. Er biss sich auf die Lippen, doch der Blick, den er mir zuwarf, sprach Bände. Er sagte „Pass doch auf" bis „Willst du deinen Job behalten" und ich sank tiefer in mein Sitzkissen.

Patrick betrat die Bar. Er hatte zwei geschäftliche Dinge mit Francis zu besprechen, und da die beiden Herren einen vollen Terminkalender hatten, blieb nur dieser Termin, um die Fragen zu klären. Natürlich wüsste Patrick gerne, worüber wir gesprochen haben, aber nicht mit uns, Mister. Wir sind eine eingeschworene Gesellschaft, wir sagen nichts. Doch ich hatte nicht mit meiner Verräter-Schwester gerechnet. Komisch, ich hätte nie gedacht, dass es einen Mann gab, der bei Nicole noch weniger Ansehen hatte als Patrick.

Patrick beobachtete mich aufmerksam. Als meine Schwester endete, warf ich ihr einen liebevollen Blick zu.

„Ein Australier...schade, dass du Francis Angebot nicht angenommen hast."

Ja, reite du doch darauf herum. Was ist nur mit euch allen los? Ich bin seit langem wieder glücklich. „Hat er eine Frau?" fragte Patrick.

„Warum willst Du das wissen?" gab ich bissig zurück.

Patrick seufzte. „Weil...ach vergiss es."

Feigling! Rief mein Hirn, und ich war zum ersten Mal seit langem einer Meinung mit ihm. Das ist das Seltsame an meinem Hirn, beruflich sind wir immer einer Meinung. Nur privat ringen wir uns nicht dazu durch, ein Team zu bilden.

Ich rief nicht an. Es kam mir albern vor, mich bei dem netten Mann zu melden. Zum ersten Mal in meinem Leben verließ mich die Schlagfertigkeit. Was sollte ich ihm denn sagen? Dass ich tagsüber von ihm träumte? Dass er mir nachts in langen, erotischen Träumen erschien? Ich stellte mir das Gespräch mit ihm vor.

„Ach hallo, wissen Sie, ich weiß bereits, wie sie nackt aussehen?"

Na ja, ich wusste es nicht. Und dann hatte ich die romantische Art von Linda in mich aufgesogen, die der Meinung war, dass das Schicksal entschied. Wenn wir füreinander bestimmt waren, würden wir uns wiedersehen. Wenn nicht, dann war es ein Wink mit dem Zaunpfahl, dass wir nicht füreinander bestimmt waren.

KAPITEL 14

Dem Schicksal seinen Lauf zu lassen, ist manchmal gefährlich, denn es interessierte sich nicht für Zufälle. Außerdem stellte ich mir vor, dass das Schicksal beleidigt reagieren würde, denn es war ja schon aktiv geworden: Ich hatte Andrews Karte mit seinen Kontaktdaten. Nachdenklich drehte ich sie in meiner Hand. Sie war ja schon ein Beweis.

„Sag jetzt nicht wieder Schicksal!" murrte mein Hirn.

„Ganz deiner Meinung", flötete mein Herz.

„Wow, das ist beängstigend", flüsterte ich. „Mein Herz und mein Hirn sind einer Meinung!"

Doch dann rief die Arbeit und ich vergaß sogar Andrew für einen Moment.

Als ich am Abend mit der S-Bahn am Bahnhof ankam, stieg ich in den falschen Bus ein. Da ich normalerweise mit dem Auto ins Büro fuhr, war ich auf keinen Bus angewiesen. Mein Auto befand sich aber in der Inspektion, und mein Autohändler hatte verschlafen, mir einen Ersatzwagen bereitzustellen.

Ich merkte erst, dass ich im falschen Bus saß, als der Bus statt in die Höllsteinstrasse abzubiegen, geradeaus in den Gluckensteinweg fuhr. Ich stöhnte leise, doch als ich den Supermarkt sah, fasste ich einen Entschluss. Ich stieg aus, um etwas Käse und Birnen einzukaufen, und wollte dann nach Hause laufen. Auf die Idee, zur nächsten Bushaltestelle zu gehen und in den richtigen Bus zu steigen, kam ich nicht. Oder ich verdrängte sie, da ich bei meinem derzeitigen Glück so oder so in den falschen Bus gestiegen wäre. Man sollte doch meinen, dass ich - bei meinem Pech in der Liebe - woanders Glück haben sollte. Aber selbst beim Lotto-Spielen gewann ich nichts. Mir wurde bewusst, dass meine Chancen im Lotto zu gewinnen, geringer waren, als vom Blitz erschlagen zu werden. Und dass, obwohl mein Pech in der Liebe so derart groß war, dass mein Glück im Spiel doch auf der Hand lag.

Als der erste Donnerschlag ertönte, wusste ich, dass mir das Schicksal etwas zeigte. Ich war näher daran, vom Blitz erschlagen zu werden, als im Lotto zu gewinnen, weil ich das Schicksal herausforderte und meinem Glück in der Liebe ein Spielchen aufzwang. Ich hatte keinen Schirm mit, so dass der Regenguss, der mich zusammen mit dem Blitz und Donner erreichte, derart erwischte. Ich suchte einen Unterschlupf.

Der Kinderspielplatz an der Weberstrasse, dachte ich erleichtert. Der hatte ein kleines Häuschen, dort könnte ich das Unwetter abwarten, mir eventuell ein Taxi rufen. Gott sei Dank. Ich spurtete auf den Spielplatz, so schnell wie es meine Absatzschuhe erlaubten.

Völlig durchnässt kam ich in dem kleinen Häuschen an. Keine Menschenseele war zu sehen. Etwas Beängstigendes hatte es ja schon, denn neben dem Spielplatz lag der Friedhof, still und dunkel. Es wirkte alles andere als friedlich.

Das Tor knarrte. Ich zog meinen Schuh aus und drückte mich an die eine Wand, um langsam zum Ausgang zu schleichen. Eine Gestalt näherte sich der Hütte. Ich hielt den Atem an.

In dem Augenblick als die Gestalt die Hütte erreichte, donnerte und blitze es so sehr, dass ich einen Luftsprung machte und meine Hand den Arm der fremden Gestalt suchte. Durch die Helligkeit des Blitzes sah ich, dass die Gestalt gar nicht so fremd war. Vor mir stand der Mann, der meine Tagträume ... und Nachtträume ... beherrschte. Ich biss mir auf die Lippen und zog verschämt meinen Schuh wieder an.

Andrew lächelte amüsiert.

„Hallo!" sagte er freundlich.

„Hi!" piepste ich.

Ich räusperte mich kurz, dann schaute ich ihm direkt in die Augen. Freundlich und beruhigend blickte er mich an. Er trat einen Schritt auf mich zu, nahm meine Hände in seine und untersuchte meine Finger.

„Suchen Sie etwas?" fragte ich verwundert.

„Scheint alles in bester Ordnung zu sein", erwiderte er.

Ich sah meine Hände an und war etwas irritiert.

„Was machen Sie eigentlich auf diesem Spielplatz?"

Mir erschien die Frage weitaus wichtiger als die nach meinen Händen. Vielleicht hatte er meine Hand nach einem Ehering abgesucht?

Andrew lehnte an einem Querbalken.

„Ich habe Sie hier hinein flüchten sehen, und da dachte ich, wir könnten vielleicht gemeinsam eine Sandburg bauen?"

Ach ja, sehr witzig. Aber in Australien bauten erwachsene Menschen, wie wir, Sandburgen. Bei Eltern verstand ich es, dass sie im Sand spielten. War Andrew etwa Vater? Was wusste ich denn von ihm?

„Darf ich Sie nach Hause fahren?"

Ich lächelte. Sehr gute Frage ... eine bessere Steilvorlage als diese konnte er mir nicht geben.

„Meine Mama hat mir verboten, bei Fremden ins Auto zu steigen", antwortete ich mit kindlicher Stimme.

Andrew hob die Augenbraue.

„Warum haben Sie nicht angerufen, dann hätten Sie alle Fragen stellen können, die Sie auf dem Herzen haben."

Bin ich so durchschaubar?

„Ihren Fingern geht es gut, Sie haben keine Entschuldigung, das Telefon nicht in die Hand genommen zu haben, um meine Nummer zu wählen."

„Also gut, dann stelle ich Ihnen jetzt eine Frage."

Andrew schüttelte den Kopf.

„Wollen wir das „Sie" wirklich durchziehen?"

Ich wollte, denn ich sah darin eine Chance, ihn erst einmal kennenzulernen und dann zu entscheiden, ihn näher an mich heranzulassen.

„Wer sind Sie?"

Ich beobachtete ihn genau. Er hatte ein offenes Gesicht, weil er mir vertraute. In gewisser Weise vertraute ich ihm auch. Ich fühlte mich auch wohl bei ihm. Er fuhr sich mit einer Hand durch seine Haare, dann setzte er sich auf den Boden und ich folgte seinem Beispiel.

„Mein Name ist Andrew Jefferson Lake, geboren wurde ich am 16.5.1969 in Sydney als Sohn von Lord Brendham Curt Lake und Lady Laura Elizabeth Lake. Aufgewachsen bin ich in einem wunderbaren Haus mit Blick auf die Habour Bridge. Ich habe Rugby im Team gespielt, Jura, Wirtschaft und Sprachen studiert. Ich verdanke dem Glück eine deutsche Großmutter zu haben, dass ich deutsch fließend spreche. Frankfurt ist mein zweiter Einsatzort nach Glasgow. Neben

Rugby, spiele ich gerne Tennis, Fußball und Baseball."

Ich lächelte. Formvollendeter Gentleman. Wo ist der Haken?

„Ich bin derzeit noch verheiratet..."

Da ist er! Verheiratet???? Tief durchatmen, lass ihn weiter reden.

„...meine noch Frau ist auch im konsularischen Dienst. Unsere Dienste enden im Oktober, dann treffen wir uns in Sydney und bringen die Scheidung über die Bühne. Und Sie?"

Ich zögerte erst, als ich anfing, von mir zu erzählen. Er hörte aufmerksam zu. Als ich geendet hatte, schwiegen wir eine Weile. Es hatte schon längst aufgehört zu regnen, und obwohl es gewittert hatte, lag immer noch eine Spannung in der Luft.

Er hielt Abstand von mir, doch im Innern wünschte ich mir, er würde das nicht. Ich grübelte, wie ich den ersten Schritt machen konnte. Wäre es einfacher, wenn er nicht verheiratet gewesen wäre? Wie weit hatten er und seine Frau sich entfernt? Weit genug, um neue Beziehungen zu wagen? War es für mich weit genug zu glauben, eine Beziehung zu riskieren, ohne auf der Strecke zu bleiben? Was, wenn die Beiden wieder zusammenfänden? Ach HIRN, wo bist du???

„Ich denke", knurrte es zurück.

Ach so, ja dann ist ja gut. Denk schneller.

„Das kann ich nicht, wenn du ständig an seine Ehefrau denkst!"

Mein Hirn hatte ein Argument, okay, was nun? Ich lächelte Andrew schüchtern an.

„Na ja, jetzt, wo ich Sie kenne, kann ich mit Ihnen auch ins Auto steigen!"

Oh, Gott sei Dank war mir das eingefallen. Ich fand den Übergang passend. Er lächelte freundlich und ließ mir den Vortritt. Ich lief los, doch ich hatte eine Nuss oder einen Stein übersehen, und knickte mit meinen hohen Schuhen um. Ich fiel ihm direkt in die Arme.

„Alles okay?" fragte Andrew besorgt, während er mir wieder auf die Beine half.

Ich erklärte ihm, dass alles in Ordnung sei, doch er ließ mich nicht los. Unsere Blicke trafen sich, ich wurde sichtlich nervös. Ich spürte seinen Atem, Hirn verlass mich nicht!

„Ich bin das letzte, das geht!" grummelte es von oben herab.

Ich löste mich von Andrew und trat einen Schritt zurück. Der Australier lächelte.

„Wer ist jetzt steif?"

Fand er die Situation etwa komisch? Ich wusste nicht, was ich sagen sollte.

„Wissen Sie, " fing er sachte an, „in Australien geht so etwas entspannter ab. Keine Frau fühlt sich zu etwas verpflichtet, wenn man sie nett anspricht, sie zu einem Kaffee einlädt oder ihr das Benzin bezahlt."

Ich schnaufte. Das Benzin bezahlen?

„Na, das gleicht hier aber wirklich einem Heiratsantrag!" entfuhr es mir.

Andrew lächelte amüsiert.

„Warum?"

„Haben Sie unsere Spritpreise nicht gesehen? Also entschuldigen Sie bitte, aber, wenn mir ein Mann das Benzin bezahlen würde, müsste ich ihn nach seinen Hintergedanken fragen."

„Warum???? Sehen Sie, darauf will ich hinaus. Darf man einfach nicht nett sein?"

Mir war bewusst, dass ein Land wie Australien, das nur sich hatte und von Wasser umgeben war, eine gewisse Solidarität unter den Mitmenschen benötigte, aber ich stellte mir beim besten Willen nicht vor, dass irgendjemand etwas in dieser Richtung tat, ohne einen Hintergedanken zu verfolgen. Das wäre gelogen. Ein Menschenfreund, einfach so?

Ich trat wieder auf Andrew zu, ich schaute ihm in die Augen.

„Welchen Hintergedanken haben Sie denn?" fragte ich ihn.

Er senkte seinen Kopf, so dass sich unsere Lippen verdächtig nahe kamen.

„Roter oder gelber Alarm?" fragte mein Hirn schläfrig.

Ich antwortete nicht, ich wollte die Situation nicht verderben.

„Sie schulden mir noch eine Erklärung, wissen Sie nicht?"

Aha, mein Tagtraum. Ich kannte den Mann jetzt gut genug, um mit ihm ins Auto zu steigen. Aber über meine Tagträume informieren, dazu war ich nicht bereit.

„Was muss er denn tun, um die Wahrheit zu erfahren?" fragte mein Hirn plötzlich wach.

„Wissen Sie, das muss an meinem Wunsch gelegen haben, dass Sie mir auf mein Auto drauf fahren, damit ich endlich ihren Namen erfahren kann."

„Aha!"

Andrew lachte und richtete sich wieder auf. Hatte ich irgendetwas verpasst? Sollte jetzt nicht ein leidenschaftlicher Kuss folgen? Ich war verdutzt, dieser Mann spielte nach keiner Spielregel, die ich kannte. Wahrscheinlich, weil er von einem auf den kopfstehenden Kontinent kam. Da war alles verkehrt.

„Danke für die Erklärung. Jetzt kann ich Sie zu Hause absetzen und dann müssen wir uns nicht mehr sehen. Jetzt ist zwischen uns ja alles geregelt."

Nichts war geregelt. Im Gegenteil, in mir herrschte das totale Chaos. Das war´s jetzt? Ich sah Andrew nochmals tief in die Augen und dann entschloss ich mich gegen die Regel zu spielen. Ehefrau hin oder her. Etikette, was Frau machen darf, hin oder her. Ich stellte mich auf meine Zehenspitzen, nahm seinen Nacken in die linke Hand und zog ihn näher an mich heran. Unsere Lippen knallten aufeinander. Als wir uns trennten, sah ich ihn triumphierend an.

„Na, was sagen Sie jetzt zur deutschen Steifheit?"

Er blickte mich etwas irritiert an, und ich grinste vergnügt. Weder er noch ich hatten damit gerechnet, und allein seinen Blick zu sehen, war das Ganze wert.

„Jetzt können Sie mich nach Hause fahren, jetzt sind wir..."

Ich kam nicht mehr dazu, meinen Satz zu beenden, denn diesmal war er es, der mich küsste.

„... fertig!" beendete ich den Satz zwischen zwei Küssen.

„Halt den Mund", kam es zärtlich zurück. „Wir fangen jetzt erst an!"

Die Sonne bahnte sich ihren Weg durch die Wolkendecke, ein leichtes Rot durchflutete die Dunkelheit. Es war die Leidenschaft des Farbenspiels, die sich in unserem Herzen widerspiegelte.

Wenn Phantasien Wirklichkeit werden, wird man entweder enttäuscht oder aber überrascht. Es kommt auf die Phantasien an, die man sich von einem Menschen gemacht hatte. Als wir in Andrews Auto einstiegen, fiel mir auf, dass es ein anderes war, als das, in dem ich ihn das erste Mal gesehen hatte. Es hatte ein Diplomaten-Nummernschild mit einer 0 vorneweg und einen kleinen CC-Aufkleber. Hatte ich ihn deshalb nicht mehr gesehen oder wollte das Schicksal, dass ich ihn nicht mehr sehe. Was war passiert? Ich hatte in sämtlichen Tagträumen davon geträumt in seinen Armen zu landen. Ich hatte mir die spannendsten und verwegensten Situationen vorgestellt. Seine Stimme klang anders, sie war tiefer, rauer, aber auch mit einem Schuss Ironie. Die Ernsthaftigkeit, die ich in seine Person interpretiert hatte, fehlte. Ich liebte seinen australischen Dialekt, seinen Schalk in den Augen, seine Hände, die unberingt waren. Ich glaubte ihm, dass seine Ehe nicht mehr existierte. In seinen goldenen Haaren versteckten sich ein paar weiße, und die Falten um seine Augen zeigten mir, dass er einen anstrengenden Job hatte.

Als er losfuhr, ergriff er meine linke Hand und streichelte sie sanft. In mir kribbelte es, ich fühlte mich in meine Teenager-Zeit versetzt, als ich nicht wusste, wie es nach einem Kuss weitergehen würde. Heute war ich aufgeklärt, mir war bewusst, dass es nicht bei einem schüchternen Teenager-Kuss bleiben würde.

Mir fiel mein Haus ein. Oh je, hatte ich es aufgeräumt? Die Stimme meiner Mutter drang in mein Ohr und ich fragte mich, ob ich jetzt immer die Stimme meiner Mutter hörte, wenn ich mit einem Mann intim wurde. Nicht dass sie sagen würde, Kind, lass dir Zeit, oder spring nicht gleich mit dem Mann in die Kiste, nein es kam: Hast du das Haus aufgeräumt? Würde einem Mann auffallen, wenn das Haus nicht aufgeräumt ist, wenn sein Blut in andere Laufbahnen gepumpt wurde? Ich versuchte, die Stimme meiner Mutter aus dem Kopf zu bekommen, und schüttelte mich leicht.

„Ist dir kalt?" fragte Andrew besorgt.

Ich schüttelte lächelnd den Kopf. Mir war nicht kalt, ich schwankte zwischen kalt und warm, zwischen Angst und Vorfreude, zwischen total bescheuert sein und aufgeregtem Teenager-Dasein. Anders als bei Patrick hatte ich einen Mann gefunden, dem ich vertraute, obwohl ich ihn weniger kannte als Patrick. Doch in dem Augenblick, als ich ihm in seine Augen sah, wurde mir bewusst, dass ich ihm vertraute. Er war kein Spieler, nicht mit Gefühlen. Vielleicht im Beruf, aber nicht, wenn es sich um private Angelegenheiten handelte.

Als wir mein Haus betraten, schaute Andrew sich in Ruhe um. Die Hälfte der Bilder hatte Torsten von der Wand genommen, ich hatte keine Zeit gefunden, sie zu ersetzen. Ich ging in die Küche, um Teewasser aufzusetzen. Er folgte mir. Alles erschien mir vertraut, seine Anwesenheit, obwohl wir erst wenige Stunden kannten. Sanft legte Andrew die Arme um meine Taille. Mir stockte der Atem. Nicht weil ich das Gefühl hatte, eingeengt zu werden, sondern aufgefangen zu werden. Ich spürte seinen Atem in meinem Nacken, so dass sich in mir alles regte. Es war, als erwachte jede einzelne Zelle zu Leben. Ich drehte mich zu ihm um, schlang meine Arme um seinen Hals und küsste ihn, leidenschaftlich.

Das Teewasser wurde indessen kalt, vergessen war die innere Kälte, war alle Vorsicht. Ich ließ mich in dem Augenblick fallen, als ich einem Unbekannten in die Augen sah. Als ich tief in seine blauen Augen blickte, war ich gefangen und fiel. Ich sah seine Seele und, während wir uns küssten, ahnte ich, dass er lächelte, denn um seine Augen traten kleine Lachfalten auf. Ich fing ebenfalls an zu lächeln, doch unsere Lippen ließen einander nicht los.

Andrew hob mich hoch, sanft trug er mich zum Küchentisch. In diesem Augenblick bewies sich die Stabilität meines Tisches.

KAPITEL 15

Ich liebte das Leben. Ich erkundete mit Andrew die Stadt, die ich schon zeitlebens kannte und lernte sie mit anderen Augen kennen. Wenn wir durch den Kurpark spazierten, hatte ich das Gefühl Kurgast zu sein. Das Leben hatte mich wieder, und diesmal war es keine Phantasie, sondern Wirklichkeit. Wir verlebten einen heißen Sommer, im wahrsten Sinne des Wortes, denn der Sommer war heiß. Meine Eltern, meine Geschwister, alle atmeten heimlich auf, als ich aufhörte, in meine Tagträume zu flüchten. Alle mochten Andrew, sie waren wie ich seinem Charme verfallen. Und doch wusste ich, dass mit dem Herbst der Tag kam, an dem er nach Sydney flog. Der Tag, an dem er seiner Noch-Frau gegenüber stand. Der Tag, an dem darüber entschieden wurde, in welche neue Stadt er ziehen würde.

Doch solange genoss ich die gemeinsame Zeit mit Andrew. Wir spazierten durch die Altstadt Bad Homburgs, unternahmen lange Spaziergänge durch den Schloßpark, in dessen Mitte auf der Anhöhe der Weiße Turm ragte. Natürlich erklommen wir die Stufen des Turms, um von oben einen traumhaften Blick auf die Stadt zu ergattern. Nach dem Abstieg nahmen wir Platz im Schloßcafé und genossen unseren Kaffee. Wir saßen auf der Terrasse und hatten einen schönen Blick auf die Erlöser- und St. Marien-Kirche. Impostant ragten ihre Türme in die Lüfte. Ich bat Andrew einen Blick auf einen sehr alten Baum zu werfen, der Geschichten erzählten könnte, wenn er spräche.

Nachdem wir uns gestärkt hatten, verließen wir Hand in Hand das Café. Es fühlte sich zum ersten Mal richtig an. Auf dem Heimweg kamen wir an einem Schokoladen-Laden vorbei.

„Chocolat-Plus", las Andrew und drückte fast seine Nase am Fenster platt. Ein freundlicher Herr lächelte uns zu.

„Sie dürfen gerne eintreten, die Schokolade beißt nicht."

Andrew ließ sich das nicht zweimal sagen und trat in den Laden ein. Wir staunten wie zwei Kinder an Heiligabend. Der freundliche Herr war uns gefolgt.

„Suchen Sie etwas Bestimmtes?"

Ich kannte den Laden und kam Andrew zuvor. „Wir hätten gerne eine Packung Kurschatten."

Der Herr nickte freundlich und packte uns die Kurschatten in eine braune Schachtel. Danach bat er uns, ihm beim Knoten um die Schachtel zu helfen, und Andrew bekam zur Belohnung ein Bruchstuck Schokolade.

Mit ein paar Kilo mehr in den Taschen gingen wir zum Hexenturm.

„Stand der Turm schon immer da?" fragte Andrew irritiert. Ich musste schmunzeln und schob ihm einen Kurschatten in den Mund. Die Irritation schlug in Erstaunen um, und der Gesichtsausdruck wurde plötzlich ganz beschwingt.

Wir standen eine ganze Weile vor dem Turm und ließen uns noch einen Kurschatten schmecken.

„Liebe so einen Kurschatten", begann ich.

Andrew schaute mich streng an.

„Wir wohnen zwar in einer Kurstadt, aber dieser Schatten hier…."

Er zeigte auf die Pralinen-Schachtel. „Ist der einzige, der in deine Nähe darf!"

Ich schmunzelte und schmiegte mich an ihn. Andrew gab mir Ruhe und Sicherheit.

Andrews Neugier der Stadt gegenüber war geweckt, und so zog er mich die Gasse hoch in einen Hutsalon. Ich wollte erst nicht eintreten, doch Andrew fand, ich sollte Hüte ausprobieren, weil es immer Momente geben könnte, wo ich einen tragen sollte.

Der Bad Homburger Hutsalon war bekannt für seinen Herrenhut, den Homburger. Einer war auch im Schaufenster dekoriert.

Eine sehr fröhlich dreinblickende Frau trat auf uns zu und wollte wissen, ob sie uns helfen dürfte. Andrew bejahte und ehe ich mich versah, hatte ich einen schicken Hut mit kleinem Schleier vor den Augen auf dem Kopf.

„Sie haben wirklich einen Hutkopf", meinte die Frau lobend. Wir hatten inzwischen herausgefunden, dass sie die Eigentümerin des Ladens war.

Auf einem Holzkopf entdeckte ich einen Facinator. Er lachte mich an, als wolle er sagen: „Nimm mich!"

Ich probierte den Fascinator aus und fühlte mich wie ein anderer Mensch an.

Andrew blickte mich verliebt an.

„Gefällt er dir?"

Ich konnte nichts sagen, er passte, als wäre er für mich gemacht.

Die Eigentümerin lächelte und meinte, dass ich unbedingt bei einer ihrer Hut-Modeschauen als Model arbeiten sollte. Mir würden alle Arten von Hüten stehen.

Nach 1 Stunde verließen wir den Laden, mit vier Hüten, von denen ich mich innerlich fragte, wann ich diese tragen sollte. Ich wurde nie auf gesellschaftlichen Ereignissen eingeladen, wo ein Hut zur vorgeschriebenen Kleidung verlangt wurde. Doch Andrew versicherte mir, dass ich mit ihm schneller in den Genuss kommen würde, Hüte zu tragen.

Beseelt, zwei so schöne Läden gefunden zu haben, die mit Herz und Können ausgestattet waren, traten wir den Heimweg an.

Als ich eines Morgens im Büro saß, kam eine E-Mail von Torsten. Mit dem Betreff: Guten Morgen.

Liebe Tess, ich hoffe, Dir geht es gut. Ich habe leider lange nichts mehr von Dir gehört, was darauf schließen lässt, dass Du entweder beschäftigt, trotzig oder frustriert bist. Ich hoffe, Ersteres ist der Fall, alles andere würde Dir nicht stehen. Uns geht es gut. Wir planen, im nächsten Frühjahr, zu heiraten. Ich schreibe das nicht, weil ich Dir damit zeigen will, was Du verpasst, sondern weil Du eine gute Freundin bist. Ich will, dass Du solche Informationen von mir bekommst und nicht von Deiner Mutter, die dummerweise mit meiner gesprochen hat. Dafür bedeutest Du mir zu viel. Liebe Grüße, Torsten."

Ich freute mich für Torsten, er hatte seine Zukunft gefunden, ich meine. Innerlich fragte ich mich, ob ich mich ebenso gefreut hätte, wenn ich Andrew nicht begegnet wäre. Ich gebe zu, dass es einem leichter fällt, sich für den Ex-Partner aufrichtig zu freuen, wenn es einem selber gut geht, aber das würde ich nie laut verkünden. Ich wollte Torsten antworten, da bekam ich eine E-Mail von Patrick, mit dem Betreff: Gute Nacht.

„Liebe Tess! Ich hoffe, Dir geht es gut."

Hatten sich die beiden abgesprochen? Ich war verwirrt.

„Das Office in Sydney läuft endlich gut. Wir können uns freuen, dass wir es innerhalb von drei Monaten zu etwas gebracht haben. Deine Marketingstrategie war wirklich famos. Silke freut sich auf die Zeit, wenn das Baby da ist. Sie findet alles so beschwerlich. Ihre Mutter kommt bald :-(. Bei ihr habe ich immer das Gefühl, anständig bleiben zu müssen. Wann kommst Du denn mal nach Sydney, um Dir das Office anzusehen? Wolltet Ihr dann nicht Singapur in Angriff nehmen? Wäre doch eine Gelegenheit, vor Ort zu sehen, wie es funktioniert! Lass Dich nicht unterkriegen. Liebe Grüße Patrick."

Ich öffnete zunächst ein zweites Fenster, um Patrick zu antworten, als ich beschloss, beide zu schließen, um ein Neues aufzumachen.

Betreff: Guten Morgen / Gute Nacht

„Hallo Ihr Zwei, da ich es für eine Verschwendung halte, Synergien nicht zu nutzen, beschließe ich hiermit, Zeit und Kraft zu sparen, und sende Euch beiden eine Antwort bezüglich der Frage meines Wohlergehens."

Wow, ich las den ersten Satz an und war stolz auf mich. Warum durfte ich nicht ihnen beiden zeigen, dass ich a.) über sie hinweg war und b.) ich mich für sie freute.

„Mir geht es sehr gut! Ich habe endlich den unbekannten Mann kennengelernt. Seitdem ist er kein Unbekannter mehr für mich! Im Gegenteil, es gibt nichts, was ich nicht kenne. Er ist Australier, noch verheiratet. Im Herbst geht er zurück nach Sydney, dann lässt er sich von seiner Frau scheiden und bekommt einen neuen Einsatzort. Eigentlich würde er gern erst einmal paar Jährchen wieder in Sydney bleiben wollen, aber er weiß nicht, ob ihm das gelingen wird. Ich hätte nie gedacht, dass unser Schicksal uns ein Happy-End bescheren würde. Wahnsinn, jetzt haben wir alle eins! Liebe Grüße Tess."

Ich schickte diese Nachricht mit einem breiten Grinsen ab. Es dauerte keine fünf Minuten, da kamen die Antworten.

Torstens lautete: „Ich freue mich für Dich! Schade, dass Du den Job in Australien nicht angenommen hast."

Und Patrick schrieb: „Er ist verheiratet? Hast Du eigentlich keinen Anstand und Respekt vor der Ehe?"

Torstens Kommentar: „Das von Dir?"

Patrick: „Bei euch war das was anderes."

Torsten: „Ach, und wo lag der Unterschied?"

Eine Mail jagte die andere. Nur, dass meine Finger nicht so schnell waren, wie die Männer sich die Gemeinheiten an den Kopf knallten. Zum Glück lagen über 10.000 Kilometer zwischen ihnen, sonst hätte ich mich ehrlich um ihre Gesundheit gesorgt.

Mail an die beiden kindischen Streithähne:

„Hallo, ich bin's nochmal. Ich wollte euch nur sagen, dass ich den Kindergarten jetzt verlasse. Ihr geratet in Streit um alte Kamellen. Könnt Ihr Euch nicht endlich verzeihen; Ihr seid doch jetzt beide in glücklichen Beziehungen! Oder nicht? Ich habe jedenfalls abgeschlossen und klinke mich jetzt aus dem Kreis der Beschuldigungen aus. Ich wünsche Euch alles erdenklich Gute, in Liebe, Tess!"

In diesem Augenblick steckte Francis seinen Kopf durch die Tür.

„Arbeitest du an etwas Dringendem?"

Ich rollte die Augen.

„Nicht wirklich", lächelte ich.

„Gut, dann lass uns über das Singapur-Projekt sprechen."

Francis schloss die Tür, und ich beendete mein Outlook. Mein Interesse, wie viele Emails mich am Abend noch erreichten, hielt sich in Grenzen. Singapur war wichtiger. Es bedeutete meine Zukunft, denn es war die Gelegenheit, das Office in Singapur aufzubauen.

KAPITEL 16

„Wie viele Emails?"

Linda stockte der Atem. Andrew und ich hatten uns zu einem gemütlichen Pasta-Abend mit Nicole, Francis, meinen Eltern und Simon verabredet.

„105!" antwortete ich trocken.

Francis schüttelte verständnislos den Kopf. Hatten die Streithähne nichts anderes zu tun?

„Zu meiner Zeit", fing mein Vater an, „hätten wir das auf einer Lichtung geklärt."

Wir lachten alle, und ich gab meinem Vater einen Kuss.

„Papa, so alt bist du nun auch wieder nicht."

Meine Mutter fand das gar nicht komisch. Sie wusste, dass Torsten nie aufhören würde, mich zu lieben. Und Patrick schien weiterhin Gefühle für mich zu haben, dennoch hatten sich beide für einen anderen Partner entschieden und sollten jetzt auch dazu stehen. Meine Mutter war keine Freundin von halben Sachen, und sie stand hinter Andrew, und das war ein Minuspunkt für die beiden Herren.

Nicole goss sich einen Rotwein ein.

„Schwesterchen, du machst das absolut richtig! Die beiden erzählen dir, wie großartig ihr Leben ist, dabei können sie gar nicht von dir lassen. Das ist albern."

Ja, albern und kindisch, aber irgendwie gefiel es mir. Es machte mir Spaß, dass ich umworben wurde. Für einen kurzen Moment. Ich dachte sofort an Andrew und verdrängte meine Gedanken an die anderen.

Meine Mutter sah dagegen gar keinen Grund, die Herren zu ermutigen, sich für mich zu duellieren. Sie fand, es sei meine Aufgabe, ihnen das zu verdeutlichen. Ich war der Meinung, dass es mir egal sein müsste. Mein Vater dagegen amüsierte das Ganze. Er sah mein Strahlen und ahnte, dass es mir endlich wieder gut ging. Ich hatte gefunden, was ich gesucht hatte. Ich war angekommen.

Nur eine Sache lag mir schwer im Magen. Australien. Die Tatsache, dass ich Torsten nie nach Hamburg gefolgt wäre, aber bereit war, einem fast Fremden ans andere Ende der Welt zu folgen, bereitete mir Kopfschmerzen. Ich war nicht an Frankfurt gebunden. Und die Möglichkeit, dass Francis Patrick nach Singapur versetzt, damit ich die Stelle in Sydney übernahm, gab mir ein bisschen Sicherheit. Ich müsste meine Firma nicht verlassen, so dass ich in der Lage war, auf eigenen Beinen zu stehen und sogar nach Frankfurt zurückzukehren, falls die Beziehung scheiterte.

Ich hatte Angst. Das wurde mir zum ersten Mal bewusst, als meine engsten Vertrauten am Esstisch meiner Eltern zusammen saßen. Sie waren mein Hafen, meine Geborgenheit, die ich aufgab. Ich hatte plötzlich das Gefühl, mir würde der Boden unter den Füßen weggezogen.

Meine Mutter lächelte mir kurz zu; das war etwas, was ich brauchte. Ich ärgere mich oft über meine Eltern, aber in den Momenten, in denen wir Kinder schweigen, verstehen sie uns am besten. Meine Mutter hat mich aufwachsen sehen, sie kennt jeden meiner Gesichtszüge, sie liest mich ohne Worte. Das war zu Weilen nervig, aber in solchen Augenblicken ist es nützlich. So lenkte sie das Gespräch fernab von Australien auf den Sommer, ihre Rosen, auf Simons Freundinnen oder Nicoles anstehende Hochzeit. Ich war an diesem Abend nicht einmal das Thema, wofür ich ihr dankbar war. So löste sich der Kloß in meinem Hals langsam wieder auf.

Andrew schwieg ebenfalls. Nicht, weil ihm die Themen uninteressant erschienen, sondern weil er mich beobachtete. Er kannte mich noch nicht lange, dafür sehr gut. Ich spürte seinen Blick, doch ich erwiderte ihn nicht.

Meine Mutter stand auf, um den Nachttisch zu holen.

„Tess, hilfst du mir bitte?"

Sie lächelte mir zu, und riss mich aus meinen Gedanken. Ich zwang mich zu einem Lächeln und stand auf. Mechanisch stellte ich die Essteller aufeinander und trug sie in die Küche.

Meine Mutter nahm mir die Teller lächelnd ab.

„Und mein Schatz, du bist heute in Gedanken gefangen."

Ich nickte nur. Was sollte ich ihr sagen? Sie wusste doch alles. Während meine Mutter anfing, die Teller in die Spülmaschine zu stellen, sprach sie weiter.

„Als dein Vater damals beschloss, von München nach Frankfurt zu ziehen, dachte ich nur, oh mein Gott. Und heute? 40 Jahre sind vergangen und ich lebe immer noch."

Sie drehte sich zu mir um.

„Ich weiß, München liegt nicht am Ende der Welt. Aber Tess: du bist in der glücklichen Situation, deinen Job nicht aufgeben zu müssen."

Sie strich mir sanft über den Kopf. Ich lehnte ihn an die Brust meiner Mutter und schwieg. Es fühlte sich vertraut an.

„Schatz, wovor hast du Angst?"

Angst? Ich wusste es nicht. Es gab keinen Grund, oh, doch, 10.000 Kilometer. Ich fand das in manchen Momenten Grund genug, um Angst zu bekommen.

„Er liebt dich", antwortete meine Mutter ungefragt. „Und er weiß, dass du Zweifel hast."

Sie nahm meinen Kopf in ihre Hände.

„Rede mit ihm, Tess."

Ein Räuspern an der Türe ließ uns beide aufblicken. Andrew stand mit zwei Schüsseln in der Hand in der Küchentür und sah uns an.

„Ich wollte nicht stören."

Meine Mutter lächelte freundlich. Sie nahm ihm die Schüsseln ab, stellte sie auf die Anrichte und verließ die Küche. Mechanisch fing ich an, die Anrichte zu säubern. Andrew ließ mir die Zeit. Irgendwann stellte er sich neben mich und versuchte Blickkontakt zu bekommen. Doch ich wich ihm geschickt aus.

„Wenn du so weiter machst, Tess, ist die Anrichte weiß."

Ich blickte auf den schwarzen Marmor und fragte mich, wie ich das hinbekommen sollte. Innerlich seufzte ich, denn Andrew hatte Recht. Ich musste ihm sagen, dass ich mich nicht wohlfühlte.

„Redest du heute noch ein Wort?"

Er schaute mich erwartungsvoll an. In seinen Augen lag Zuneigung und Zuversicht. Ich legte seufzend den Schwamm beiseite und schaute ihm direkt in die Augen.

„Rede einfach, Tess. Hör auf, Worte suchen zu wollen."

Ich nickte. Er hatte Recht. Aber ich fand den Einstieg in das Gespräch nicht. Ich holte ein paar Mal tief Luft und begann dann, langsam und stockend, meine Sorgen zu äußern.

„Findest du nicht, dass ich es überstürze, nach Sydney zu ziehen?"

Andrew hob fragend die Augenbraue und ich verstand ihn, denn wie viele Nächte hatten wir darüber gesprochen. Schließlich hatte Patrick eingewilligt den Posten freizumachen, Elisabeth hatte ihr Visum beantragt. Wenn ich jetzt Zweifel hatte, kamen sie zu spät. Doch mein Traummann schwieg. Sein Blick verriet, dass er irritiert war.

Ich räusperte mich und fuhr langsam, fast gequält fort.

„Du bist noch nicht geschieden, und wer weiß..."

Ich führte den Satz nicht zu Ende, denn Andrew drehte sich ärgerlich zu mir. Er sah wütend aus.

„Au weia!" entfuhr es meinem Hirn.

Wie immer fand ich mein Hirn wenig hilfreich und ich stellte mir die Frage, ob das Hirn wirklich so lebensnotwendig war.

„Hey, " maulte mein Hirn, „wenn ich nicht mehr bin, ist das dein wirkliches Ende."

Ich riss mich zusammen, denn mein Freund stand vor mir und rang mit der Fassung, nicht die Beherrschung zu verlieren. Ich war seinem Beruf im diplomatischen Dienst in diesem Augenblick dankbar. Denn er blieb ein Gentleman, auch wenn er am liebsten explodiert wäre.

„Tess, niemand weiß so viel über meine Ehe wie du. Selbst meine fast Ex-Frau weiß weniger über mich und meine Gedanken zu unserer Ehe. Und das will etwas heißen. Wenn du Angst hast, dass ich nach Sydney fliege, um mich dann mit meiner Noch-Ehefrau zu versöhnen, dann hast du nichts begriffen, was „uns" angeht."

Ich wurde wütend, aber nur, weil er so ruhig blieb. Nein, ich hatte nicht nichts begriffen, ich wusste nicht, wo mein Platz war.

„Ich gebe alles auf, Andrew, für etwas Ungewisses."

Verstand er das? Sein Blick verriet mir, dass er es nicht tat.

„Ich gebe alle drei Jahre etwas auf, Tess. Aber ich denke, wenn sich zwei

Menschen lieben, ist es egal, wo sie leben! Oder?"

Klar, ist es egal. Aber bei den Trennungsraten ist es eben nicht egal.

„Es gibt keine Garantie, Tess. Für nichts!"

Langsam beruhigte sich Andrew wieder.

„Wenn du dich nicht binden willst, Tess, wenn du nicht vertrauen kannst, dann bleib in deiner gewohnten Umgebung. Aber dann jammere nicht, wenn das Leben an dir vorbeizieht!"

Er gab mir einen Kuss auf die Wange und verließ die Küche.

Ich blieb gelähmt zurück. Jedes Mal, wenn es ernst wurde, machte ich einen Rückzieher. Warum? Torsten war bereit für eine Familie und ich betrog ihn. Andrew war bereit zur Zweisamkeit, nach nur wenigen Monaten des Kennenlernens, aber ich wollte ihm nicht folgen. Ich zog mich zurück, lebte meine Panik aus. Ich brauchte die Ausrede, dass der Mann nicht gut genug war, um die Nähe nicht zuzulassen. Ich war das Problem. Nicht die anderen, nur ich.

Nicole betrat die Küche.

„Andrew hat sich verabschiedet."

Es klang eher wie eine Frage als eine Aussage. Ich sah meine Schwester verzweifelt an.

„Warum Nicole? Warum trete ich das Glück jedes Mal mit meinen Füßen?"

Nicole nahm mich in den Arm. Sie lächelte leise.

„Weil du ein Angsthase bist, Tess. Das warst du schon immer. Wenn es zu eng wurde, bist du abgehauen."

Sie nahm mein Kinn zwischen ihre Hände und hob meinen Kopf hoch. Ernst schaute sie mir in die Augen.

„Süße, lerne schwimmen. Wenn du es jetzt nicht tust, wirst du es nie tun."

Ich schmunzelte.

„Klar", grinste ich leise. „Es liegen ja genügend Gewässer zwischen Deutschland und Australien."

Nicole lachte.

„Sei nicht so frech, Kleine!"

Ich schmiegte mich an meine Schwester an. Ich nahm mir vor, endlich den Freischwimmer zu wagen. Mit allen Konsequenzen.

KAPITEL 17

Es regnete schon den ganzen Tag. Nichts war von einem goldenen Oktober zu spüren. Es war trüb, nass und traurig, so wie meine Seele. Ich saß in meinem Büro und arbeitete, d. h., ich starrte den Computer an. Ich wusste gar nicht, wie lange ein Mensch in der Lage war, einen Computer anzustarren und dabei zu glauben, er würde arbeiten. Ich schaffte es auf 2 ½ Stunden, als Elisabeth mit meiner Tasse Tee ins Büro kam. Sie sah mich missbilligend an.

„Wenn du so weiter machst, Tess, gehe ich zu Francis und sorge dafür, dass er dir den Job gibt!"

Ich   lächelte   schwach.

„Patrick hat den Job, er   bleibt in Australien."

„Ja, Fräulein, weil du wieder einen Rückzug gemacht hast."

Als ob mich Elisabeth daran erinnern müsste. Seit dem Augenblick, als ich den Job ein zweites Mal ablehnte, und Patrick ihn annahm, sprach Elisabeth mindestens einmal davon, welche Gelegenheit ich mir entgehen ließ. Ganz zu schwiegen, was Elisabeth entgangen war. Ich sah aus dem Fenster. Nichts als Regen. Er prasselte nur so an die Scheiben. Verschwommen erkannte ich die Konturen der startenden Flugzeuge, ich schüttelte mich leise.

Elisabeth schaute mich ernst an.

„Kind, du musst dich entscheiden. Was willst du?"

Woher sollte ich das wissen? Ich dachte immer, ich wolle einen Mann, Karriere, Kinder. Oder Karriere, Mann und keine Kinder? Ich wusste es nicht mehr. Als Andrew mich bat, alles Stehen und Liegen zu lassen, um ihn nach Australien zu begleiten, war ich hin- und hergerissen. Er war noch nicht geschieden. Was passierte, wenn er seine Frau wiedersah, würde er dann zurückkehren? Außerdem war es fraglich, wie lange er in Australien blieb, wohin ihn sein Job brachte. Ich könnte nicht alle drei Jahre bei Francis auftauchen, um zu sagen: „Ach Francis, Andy muss jetzt nach Timbuktu, gib mir bitte dort einen Job."

Obwohl Francis bald zur Familie gehören würde, verlangte ich das nicht von ihm. Also wäre die Konsequenz, dass ich eines Tages meinen Job kündigte. Und das für einen Mann, der noch nicht geschieden war? Wie hoch war die Wahrscheinlichkeit, dass er mit seiner Frau wieder zusammen kommen würde? Das war mir zu riskant. Allerdings wäre es auch meine Chance, um ihn zu kämpfen. Wenn ich nach Australien ginge, wenn auch nur für drei Jahre, könnte ich um ihn kämpfen. Die Störung durch die anwesende Geliebte würde es Andrew und seiner Frau schwer machen, sich zu versöhnen.

Meinen Freischwimmer hatte ich erst einmal aufs Eis gelegt.

„Und was ist, wenn Andrew sich gar nicht versöhnen will, Tess?"

Elisabeth schien mein Funkeln in den Augen interpretiert zu haben.

„Du hast Recht, Elisabeth. Ich interpretiere zu viel."

Triumphierend blickte ich sie an, und Elisabeth schien zum ersten Mal seit der Fehlentscheidung, nicht nach Sydney zu gehen, mit mir zufrieden zu sein. Leise verließ sie mein Büro, während ich mich an die Arbeit an einer Präsentation für Südostasien machte.

Ich arbeitete so intensiv, dass ich nicht merkte, wie schnell die Zeit verging. Als Elisabeth um 18 Uhr den Kopf zur Türe hineinsteckte, war ich mit der Präsentation fast fertig.

„Ich gehe jetzt Tess!"

Ich lächelte sie kurz an.

„Schönen Abend, Elisabeth!"

„Danke, dir auch!"

Sie ließ die Türe offen, es war fast niemand mehr im Büro. Ich arbeitete in Ruhe weiter. Die Reinigungsleute huschten von Büro zu Büro, aber sie störten mich nicht. Sie waren es gewohnt, leise zu arbeiten, selbst der Staubsauger war auf niedrigster Saugkraft eingestellt.

Francis steckte seinen Kopf durch die Türe.

„Wir müssen, Tess."

Ich nickte ihm zu, fuhr den Computer hinunter und holte meinen Mantel. Das Essen mit unseren Familien stand bevor. Man wollte wichtigste Details zur Hochzeit klären, nicht dass Onkel Joe neben seiner verhassten Schwägerin platziert würde.

„Bist du weitergekommen?"

„Ja, Francis. Ich glaube, dass wir dringend ein Office in Singapur brauchen."

Francis sah mich fragend an.

„Meinst du das aus wirtschaftlichen oder aus privaten Gründen?"

„Aus wirtschaftlichen. Asien kann nicht allein durch das Office in Australien abgedeckt werden."

Francis teilte meine Meinung.

„Willst du nach Singapur?"

Ich grinste. Nein, bestimmt nicht. Ich will, dass Patrick seinen Posten in Australien freimacht und nach Singapur geht. Aber ich schwieg. Ich sagte das Francis nicht, denn er täte alles, damit ich, die kleine Schwester seiner vergötterten zukünftigen Ehefrau, glücklich würde.

„Nein, Francis", antwortete ich stattdessen. „Nimm jemanden aus London oder Chicago. Jemanden mit Erfahrung."

„Jemanden wie Patrick, der in Sydney sitzt", grinste mein Schwager in spe.

Ich lachte. War ich so leicht zu durchschauen? Francis legte den Arm um meine Schulter.

„Tess", sagte er brüderlich. Ich gewöhnte mich daran, einen zweiten Bruder zu bekommen. Aber musste es ausgerechnet mein Boss sein?

„Ich weiß nicht, ob Andrew eine Frau an seiner Seite brauchen kann, die Karriere machen will."

Nicht schon wieder! Genau das warf mir Torsten auch vor. Dass ich meine Karriere über unser gemeinsames Leben gestellt hatte. Aber ich hatte ein Recht darauf, ich hatte genauso emsig studiert wie die männlichen Kommilitonen. Ich investierte eben so viel in die Ausbildung, sollte ich das für eine Familie aufgeben? Ich verstand meine Mutter, als sie mir vor längerem sagte, sie würde mich nicht beneiden. Die Gesellschaft hatte es uns ermöglicht: Wir studierten, anders als unsere Mütter, machten Karriere. Die meisten Frauen aus der Generation meiner Mutter hatten, nach ihrer Ausbildung sich für die Familie entschieden, schon alleine, weil ihr Einkommen weniger als die Hälfte ihrer Ehemänner einbrachte. Also blieb man zu Hause. Für ihre Töchter wünschten sich die Mütter eine Karriere, Selbstständigkeit, damit sie nie in Abhängigkeit von einem Mann lebten. Allerdings passt das nicht mit der biologischen Planung, denn es ist nun einmal so, dass die Frauen die Kinder bekommen und stillen. Und es ist immer noch so, dass Männer mehr verdienen als Frauen. Das Dilemma meiner Generation!

Francis betrachtete mich von der Seite, er lächelte, und ich stöhnte. Ich hatte das Gefühl für jeden ein offenes Buch zu sein.

„Was willst Du, Tess? Diese Frage kannst nur Du für Dich beantworten."

Wir waren in der Tiefgarage angekommen.

„Fahren wir mit einem Auto", schlug Francis vor. „Ich nehme Dich dann morgen mit ins Büro."

Ich stieg in sein edles Auto ein. Das machte ich ungern, denn ich hatte Angst etwas zu zerkratzen. Es roch immer wie neu. Wie machten Männer das? Francis schaltete die Sitzheizung an, mein Popo wurde langsam warm. Ich genoss, wie die Wärme durch meinen Körper kletterte.

Wir waren im Westin an der Konstablerwache verabredet. Dort gab es einen hervorragenden Chinesen. Es war fast unmöglich, einen Tisch zu bekommen. Zurzeit fand obendrein die Buchmesse statt, und in Frankfurt waren die Restaurants mit Ausstellern, Besuchern und Fachbesuchern belegt. Francis hatte persönlich im Restaurant angerufen. Da wir dort Stammgäste waren und öfters unsere ausländischen Mitarbeiter im Westin unterbrachten, hatte man uns einen Tisch gegeben, der für Walk-In Gäste reserviert war. Die Innenstadt Frankfurts war vollgestopft: Francis wählte Nicole über die Freisprechanlage an, um ihr zu sagen, dass wir auf den Weg seien. Nicole blieb seelenruhig; ich fragte mich öfter, woher sie das hatte. Sie hatte diese ausgeglichene

Ader von unserem Vater geerbt. In seinem Job als Bankdirektor erschütterte ihn nichts so leicht.

Langsam bahnten wir uns unseren Weg in Richtung Konstablerwache. Wir hätten mit der Bahn fahren sollen, dachte ich. Doch einen Autofreak wie Francis bekam man nicht in die S- Bahn. Das wäre einer persönliche Beleidigung gleich gekommen. Francis ist wie Nicole ein geduldiger und durchdachter Typ. Er ließ sich nie stressen, nie ärgern. Das ist eine gute Eigenschaft bei ihm.

Als wir im Restaurant ankamen, saßen Nicole, mein Bruder Simon, meine Eltern schon am Tisch mit Francis Eltern und seiner Schwester Denise. Francis Mutter war Französin, sein Vater Diplomat, und er hatte Marie in der Zeit kennengelernt, als er als Botschafter in Paris war. Als die Kinder in das Teenager-Alter kamen, beschloss er, im Frankfurter Raum zu bleiben. Er wurde Direktor der European Business School. Seither kannten unsere Familien sich. Sie unterhielten sich angeregt über die Buchmesse, die China als Ehrengast hatte.

Francis und ich studierten die Speisekarte. Um uns herum saßen viele Chinesen, sie genossen ihre Küche, und ich wettete, dass ihre Speisekarte anders aussah als die unsrige.

Marie sah mich freundlich an. Sie wirkte trotz ihrer majestätischen Haltung sehr mütterlich.

„Und, was macht die Liebe?"

Ich wollte gerade etwas Lapidares erwidern, so „na ja, macht Urlaub, auch ihr stehen 30 Tage zu", als meine Mutter mir zuvorkam.

„Ach, Marie, das Kind!"

Ich rollte die Augen und warf meinen Geschwistern einen beschwörenden Blick zu.

„Ja", polterte sogar mein Vater. „Alle guten Männer lässt sie sich durch die Lappen gehen!"

„Ach, Papa!" erwiderte ich entrüstet, während ich verzweifelt eine Bedienung suchte, die mir mit dem Aufnehmen unserer Bestellung aus meinem Dilemma helfen würde.

„Es hat sich ausgepapat!" fuhr mein Vater fort. „Deine Mutter hat absolut Recht, sich Sorgen zu machen!"

Hä? Mein Blick wanderte zu meinem sonst so ruhigen Vater, der es geschafft hatte, in zwei Sätzen 13 Worte zu packen. Ich sorgte mich mehr, dass er meiner Mutter Recht gab. In unserer Familie ist es Tradition, dass sich mein Vater unter vier Augen über meine Mutter beschwert und meine Mutter, in Anwesenheit meines Vaters, über ihn. Wir Kinder hatten uns angewöhnt, eine gewisse schweizerische Haltung zu bewahren, denn wir wissen aus Erfahrung, dass wir, im Falle unserer Kapitulation einem Elternteil gegenüber, meist zum Angriffsziel beider Eltern werden, und wenn es nur hieß: „Einen anderen Ton deinem Vater gegenüber" oder „widersprich deiner Mutter nicht!" Da wir während unserer Kindheit nie verstanden hatten, ob unsere Eltern wollten, dass wir je Partei für sie ergriffen oder nicht, gewöhnten wir uns an, die Mimik unserer

Eltern gründlich zu studieren, ehe wir uns hinreißen ließen, für eine Seite Stellung zu beziehen. Und meist endete es damit, dass wir wie, die Schweiz, neutral blieben.

Aber der Satz meines Vaters hatte absolut Premiere. Niemals zuvor hatte ich ihn sagen hören, dass meine Mutter Recht hatte. Und das, obwohl meine Mutter gar nicht genau artikuliert hatte, was ihr auf dem Herzen lag. Es war wieder ein Moment meines Kindseins. Noch mehr stutzen ließ mich, dass meine Geschwister ihre Blicke senkten. Waren sie etwa der Meinung, dass ich mein Glück wegwarf? Hallo? Ich war eine emanzipierte Frau; darf ich nicht ohne Mann glücklich sein? Ist man nur ein halber Mensch in seiner Familie, wenn man keinen Partner hat?

Endlich kam die Bedienung, und wir gaben unsere Bestellung auf. Als die kleine, zierliche Chinesin weg war, schaute meine Mutter Francis hilfesuchend an. Oh nein, Mutter, wag dich!

„Francis, mein Lieber, kannst du Tess nicht klar machen, dass eine Karriere nicht alles im Leben ist?"

Innerlich kicherte ich. Ausgerechnet Francis, der eine extreme Karriere hingelegt hatte. Wehe, wenn er mir in den Rücken fiel.

„Ach, das sollte Tess für sich entscheiden, nicht wahr?"

Entwaffnend schaute er in die Runde. Seine Mutter runzelte nur die Stirn, und Francis rutschte etwas tiefer in seinen Stuhl. Ha, der Karriere freundliche, gestandene Francis wurde genauso klein mit Hut wie ich. Spielte es eine Rolle, dass man erwachsen war, sein eigenes Geld verdiente? Ich glaubte, nicht für unsere Eltern. Wir blieben Kinder, und wenn unsere Eltern mit uns schimpften oder nur den berühmten missbilligenden Blick aufsetzten, dann spielte es keine Rolle, wie alt man war. Ich grinste Francis an und formte leise das Wort „Danke". Er hatte es versucht.

Es war Denise, die mir in den Rücken fiel.

„Tess, Süße". Brrrrrr, mir rollten sich sofort die Fußnägel auf, denn wenn jemand einen Satz mit „Süße" startete, folgte meist ein Vortrag. Denise erklärte mir das Ticken der biologischen Uhr einer Frau, der Vorteil des Mannes mit 100 Vater zu werden. Ich brauchte was zu trinken, ich war der

Bedienung so dankbar, als sie mir meinen Rotwein brachte. Schnell nahm ich einen tiefen Schluck. Und dann trank ich das Glas auf Ex aus. Als ich fertig war, blickte ich in schockierte Gesichter. Ruhig stellte ich mein Glas ab und sah provokant in die Runde:

„Noch jemand, der mir einen Vortrag über mein versautes Leben halten will? Wenn ja, dann bitte jetzt Handzeichen geben, damit ich abschätzen kann, wie viel Wein ich noch bestellen muss, um den Abend zu überstehen."

Ich sah triumphierend in die Runde, betretendes Schweigen machte sich breit.

„Gut!" lächelte ich, „dann auf Nicole und Francis, die nicht so dumm waren, sich gegenseitig auszuschlagen, die es wunderbar schaffen, Karriere und Partnerschaft unter einen Hut zu bringen..."

Ich hob mein leeres Glas.

„Und sollte einer so dumm sein, den anderen betrügen zu wollen, dann denkt an mich: an mein einsames Leben, an meine dumme Idee, Karriere und Partnerschaft unter einen Hut zu bringen. Nur leider haben diese Partner nicht an mich gedacht. Der eine geht nach Hamburg, der andere nach Sydney. Aber keiner hat daran gedacht, dass ich vielleicht in Frankfurt bleiben will. Keiner hat mich gefragt, was ich will. Sie wollten, dass ich mitgehe, ich sollte aufgeben, was ich aufgebaut habe."

Ich merkte nicht, dass mir die Tränen kamen. Ich weinte zum ersten Mal über den Verlust von Torsten, und meine Ungewissheit wegen Andrew. Und des

Gefühls, dass mich jeder schräg ansah, weil ich diejenige war, die sich nicht entschied. Ich wollte glauben, dass ich alles aufgeben könnte, um dem Mann zu folgen, den ich liebte. Aber er war nicht geschieden, und ich sollte mein Leben für eine ungewisse Zukunft mit ihm aufgeben. Und dann fing ich an um mich zu weinen, um meine Angst mich zu binden, meine Angst verletzbar zu sein. Meine Mutter stand wortlos auf, nahm mich in ihre Arme und ich durfte wieder Kind sein. Auch Marie erhob sich. Sie streichelte meinen Kopf.

„Das Wichtigste ist, Tess, dass ihr wisst, was ihr füreinander fühlt. Dann kann sich alles Weitere entwickeln."

Ihre Stimme war sanft und rau zugleich. Sie hatte etwas Beruhigendes, und plötzlich wusste ich, woher Francis diese Art hatte.

Sein Vater war zwar von Beruf her Diplomat, doch seine Mutter beherrschte die Diplomatie. Das passende Wort zur passenden Zeit im passenden Tonfall. Ich blickte in die Runde, und da wurde es mir klar.

„Nicki, ich liebe dich, aber ich muss weg!"

Mein Vater sprang auf.

„Ich fahre dich, mein Kind!"

Schon wieder überraschte mich mein Vater. Woher wusste er, was ich vorhatte?

„Nein, Papa! Ich nehme ein Taxi! Genießt euren Abend und wünscht mir Glück!"

Ich sprang auf, holte mir meinen Mantel und ging zur Tür. Ein Page stand vor dem Hotel.

„Bitte, ich brauche ein Taxi zum Flughafen!"

Ich sah mich um. Tagsüber stapelten sich die Taxis vor dem Hotel, jetzt war kein einziges zu sehen.

„Wir haben Buchmesse", entschuldigte sich der Page.

Ja und? Es war 20:30. Sollten da nicht die Buchleute im Bett sein und neue Bücher lesen? Der Page war so nett, ein Taxi zu rufen. Es dauerte 10 Minuten, da war es schon da.

„Zum Flughafen bitte, und schnell!"

Der Taxifahrer fuhr los. Ich lehnte mich zurück. In den vielen Filmen, die ich gesehen hatte, schafften es die Heldinnen immer, das Flugzeug des Geliebten knapp vor dem Abflug zu erreichen. Sogar bei Verkehrsstockung durch den Berufsverkehr.

Ich lehnte mich zurück und versuchte mich zu beruhigen, denn ich wusste, dies war kein Film, sondern die Wirklichkeit. Als wir in Richtung B 40 kamen, landeten wir im Stau.

Ach, ja, " seufzte der Taxifahrer mit polnischem Akzent. „Der Stau auf der A 3....“

Welcher Stau? Donnerstagabends gibt es keine Staus. Doch, natürlich, weil kaum noch eine Socke am Freitag arbeitet, die meisten fahren Donnerstagabend nach Hause. Oh Mann, warum habe ich nicht die S-Bahn genommen? Ich stand an der Konstablerwache, natürlich fahren da S-Bahnen zum Flughafen. Aber bei meinem Glück hätte es eine Signalstörung gegeben und die S-Bahn wäre im Tunnel stehengeblieben. Denn, ja, ich glaube, dass, wenn mein Schicksal beschlossen hatte, mich zu bestrafen, hätte es einen Weg gefunden, die S-Bahn zu sabotieren. Das war ein Zeichen. Nicht nur, dass der Mann meiner Träume 10.000 Kilometer von mir entfernt lebte, nein, schon der Weg zu ihm bedeutete einen Meilenstein. Ich seufzte. Ich fasste es nicht. Der Taxifahrer spürte meine Verzweiflung. Er fing an, Seitenstraßen zu befahren. Ich wartete darauf, dass er freiwillig durch eine Einbahnstraße fuhr. Doch das wagte sich selbst der abgebrühteste Taxifahrer nicht.

Um 21:15 war ich um 35 € ärmer und etwas aufgelöst. Meine Haare standen wirr vom Kopf ab und meine von den Tränen verschmierten Augen sahen zum Anbeißen aus. Ich rannte an den Schalter von

Singapore Airlines. Eine Mitarbeiterin saß hinter dem Tresen. Ich eilte zu ihr.

„Bitte, sind die Passagiere schon weg?"

Spöttisch zog sie eine Augenbraue hoch.

„Wir starten in 30 Minuten."

Was? Nur noch 30 Minuten? Mein Hirn arbeitete auf Hochtouren.

„Bitte, ich muss mit einem Passagier sprechen!"

„Ach", kam es spöttisch zurück. „Wie soll ich das machen?"

Na ja, ausrufen? Ich sah die Frau an, natürlich, Singapore Airlines hatte sein freundliches Personal nicht am Frankfurter Flughafen.

„Hören Sie", sagte die Stimme plötzlich freundlich. „Das Boarding hat schon begonnen, es tut mir wirklich leid."

Sie konnte ja nichts dafür. Einen Passagier wieder aussteigen zu lassen, kostete Zeit und Geld, der Koffer musste gesucht und wieder ausgeladen werden. Ich verstand sie ja schon.

„Die Wirklichkeit ist halt kein Film", sagte ich ernüchternd.

Die junge Frau lächelte.

„Bitte, können Sie einem Passagier noch eine Nachricht überbringen?"

Sie lächelte versöhnlich. Sie gab mir ein Blatt, und ich holte einen Kugelschreiber aus meiner Tasche. Ich schrieb nur drei Worte darauf:

I LOVE YOU

Ich hoffte, er würde es verstehen. Die drei Worte, die ich nie auszusprechen in der Lage war, egal, in welcher Sprache. Die Dame nahm den Zettel entgegen und verschwand. Ich stand am Schalter und dachte nach. Langsam ging ich Richtung Ausgang. Mir kamen die Geschichten in den Sinn, wo die Heldinnen in letzter Minute den Flughafen erreichten, sich ein Ticket kauften, um in den Zollbereich zu gelangen, oder sogar auf die Rollbahn sprangen. Aber Frankfurt war nicht irgendein Flughafen, hier war es schier unmöglich, die Sicherheitsbarrieren zu passieren. Ich betete, dass er meinen Zettel bekommen würde. Hinter mir hörte ich eine Anzeigentafel, das Geräusch, wenn wieder die abfliegenden Flugzeuge von der Anzeige genommen wurden. Die Maschine von Singapore Airlines stand jetzt an zweiter Stelle. Bald verschwand auch diese Anzeige. Dann wäre Andrew weg, es dauerte zwölf Stunden, bis er sich melden könnte. Ich drehte mich um, und lief in einen Mann hinein.

„Oh, entschuldigen Sie bitte", flüsterte ich.

Ich hielt meinen Blick gesenkt, als das Geräusch der Anzeigentafel wieder ertönte. Ich drehte den Kopf um, die Maschine war nicht mehr gelistet. Zu spät! sagte mein Herz schwer. Selber schuld! höhnte mein Hirn.

„Tess?"

Ich hob meinen Blick, die Stimme kannte ich.

„Torsten! Was machst du denn hier?"

Ich versuchte zu lächeln, doch es fiel mir schwer. Torsten stand in vertrauter Art vor mir. Er hatte seinen Mantel über den Arm gelegt und musterte mich aufmerksam.

„Ich hatte noch ein Geschäftsessen. Ich fliege gleich nach Hamburg zurück."

Ich senkte den Blick.

„Und?" Er versuchte, unbekümmert zu klingen, doch seine Stimme brach. „Was machst du hier?"

„Meiner Dummheit begegnen", antwortete ich matt. Mir kam es seltsam vor, mit meinem Ex-Freund über Andrew zu reden. Torsten sah mich aufmerksam an.

„Tess", seine Stimme war mitfühlend. Oh bitte nicht, sonst weine ich.

„Mach endlich deine Augen auf!"

Was wusste Torsten? Was hatte meine Mutter ihm alles erzählt?

„Patrick war nie etwas für dich, Silke und er passen wunderbar zusammen, ich habe Janine gefunden......es wird Zeit, dass du deinem Herzen folgst und deinen

Verstand in den Ruhestand verabschiedest...wenigstens für diese eine wichtige Entscheidung."

HE! motzte mein Verstand. Ach, seufzte mein Herz. Ich lächelte.

„Und was soll ich machen?"

So weit war ich schon gesunken, dass ich meinen Ex-Freund fragte, was ich machen sollte. Doch Torsten kannte mich.

„Das weißt du selber, Tess!"

Er lächelte mich an, nahm mich in die Arme und drückte mir einen Kuss auf die Stirn.

„Viel Glück, Tess. Und gib Bescheid, wo du gelandet bist."

Er zwinkerte mir zu und verschwand dann Richtung Sicherheitskontrollen. Ich sah ihm lange nach. Mein Handy klingelte.

Ich sah auf das Display, doch die Nummer war kryptisch.

„Hallo?"

Es rauschte in meinem Ohr. Ich hielt mein Handy vom Ohr entfernt, als ich Andrews Stimme vernahm.

„Love and miss you!"

„Andrew?"

„Ich benutze das Telefon am Sitz, Tess!"

Ich verstand ihn kaum, doch es verschlug mir den Atem.

„Melde mich von Singapur, bye, love!"

Wieder fingen meine Tränen an zu fließen, aber diesmal vor Freude.

KAPITEL 18

Um 22:10 startete die Singapore Airlines von Frankfurt am Main nach Sydney über Singapur. Ich hatte mir einen Gangplatz erbeten, da ich nachts nicht über lange Füße stolpern wollte. Am Gate setzte ich mich neben eine vornehm aussehende Frau. Sie lächelte freundlich, doch ich sah, dass sie geweint hatte.

„Hallo!" sagte ich. „Alles in Ordnung?"

Sie lächelte schwach. „Ja, alles in Ordnung? Und bei Ihnen?"

„Ich weiß es nicht. Ich fliege das erste Mal nach Sydney, um die Liebe meines Lebens zu treffen. Und Sie?"

„Ich fliege nach Sydney, um der Liebe meines Lebens zu entfliehen."

Erstaunt blickte ich sie an, doch die Fremde schenkte mir ein warmes Lächeln und reichte mir die Hand.

„Mein Name ist Claire North, und ich werde für 1 Jahr in Sydney studieren."

„Tess!"

Lächelnd gaben wir uns die Hände, leider hatten wir nicht mehr genügend Zeit, unsere Lebensgeschichten auszutauschen, da das Boarding begann.

Im Flugzeug standen die freundlichen Stewardessen bereit, die mir hilfsbereit den Platz zeigten. Ich saß in der 2er Sitz-Reihe, der Business Class. Ich verstaute meinen kleinen Trolley und nahm meine Handtasche und die Zeitschrift zu mir. Nach und nach strömten die restlichen Passagiere ins Flugzeug. Ich sah mir die Gesichter an, und fragte mich, wer mein Sitznachbar sein würde. Ein fast zwei Meter Mann kam an meine Reihe und ich betete, dass nicht er mein Nachbar war. Doch ich hatte Pech, der junge Mann suchte den Platz neben mir. Lächelnd richtete er sich ein und nickte mir zu.

Draußen fing es an, zu schneien. Ein Jahr war es her, als ich Torsten mit Patrick betrog. Ich betrachtete meinen Nachbarn. Er hatte dunkle Haare und blaue Augen. Sein Gesicht war markant, aber zu selbstbewusst. Er war gewiss ein Frauenheld, er trug keinen Ring. Ob er viele Frauen hatte? Wieso interessiert dich das?

Da war es schon wieder, mein blödes Hirn. Wusste alles besser.

Die Stewardessen kontrollierten, ob wir alle brav angeschnallt waren. Die Turbinen wurden angelassen, es wurde laut im Flugzeug. Der Film mit den Sicherheitshinweisen wurde abgespielt, während der Jumbo seine Parkposition verließ, um auf die Startbahn zu rollen. Flugzeuge sind wie Schwäne: Sobald sie das Wasser verlassen, sehen sie aus wie Enten. Rollende oder fahrende Flugzeuge erinnerten mich an Schwäne an Land. Auf ihren dünnen Beinchen oder Rädchen rollen sie auf der Startbahn. Dann fahren sie zu Höchstleistungen auf, indem sie sich in einen Ferrari verwandeln, um dann allen ein Schnäppchen zu schlagen und in die Lüfte abzuheben. Dieser Augenblick wird von vielen mit einem Orgasmus verglichen. Nur Fliegen ist schöner, hieß es immer. Mein Gott, muss deren Orgasmus eine Katastrophe gewesen sein. Ich finde Fliegen furchtbar. Ohne Kontrolle sitzt man wie eine Sardine in der Dose, vertraut den Piloten, dass sie ihren Job gelernt haben und lässt sich 10.000 km hoch über der Erde auf einen anderen Kontinent bringen. Wenn Gott gewollt hätte, dass wir fliegen, hätte er uns Flügel gegeben. Und so sitze ich, angeschnallt in meinem Sitz, meinen Körper dank der Steigung fest darin verankert, und warte auf den Augenblick, wo die Anschnall-Lichter ausgeschaltet werden. Ich beneide diejenigen, die während des Starts einschlafen, denen es egal ist, ob das Flugzeug wackelt oder nicht.

Endlich sind wir oben, und ich schlucke eine halbe Schlaftablette, um ein bisschen Schlaf zu bekommen.

In Singapur verließen wir das Flugzeug. Benommen von meiner Schlaftablette wankte ich nach draußen und sah der Sonne direkt ins Gesicht. Warum wollte ich keinen Zwischenstopp in Singapur machen? Ach ja: je schneller ich den Flug hinter mir habe, desto besser. Ich setzte mich hin und sah den Passagieren zu, die entweder in Singapur blieben, oder weiter nach Bali, Penang oder Sydney flogen. Nochmal 7 Stunden. Wie sollte ich das nur durchstehen? Der lange Mann setzte sich neben mich. Wehe, wenn er mir jetzt mit seinen Füßen wieder meinen Raum klaut. Aber er behielt sie bei sich, lächelte mir zu.

„Sie haben aber lange geschlafen", lächelte er freundlich.

„Ich hoffe, ich habe sie nicht gestört", antwortete ich höflich.

„Oh, außer dass sie geschnarcht haben", grinste er.

Ich protestierte, da sah ich sein Grinsen. Was wollte der Kerl? Wer war er überhaupt?

„Kevin", sagte er, als hätte er meine Gedanken gelesen.

„Tess", antwortete ich, und reichte ihm meine Hand.

Wir sprachen über unsere Gründe, nach Australien zu fliegen. Er war auf Geschäftsreise, und ich plante für drei Jahre dort leben. Mir wurde zum ersten Mal bewusst, dass ich eine extreme Entfernung für drei Jahre gewählt hatte.

Ich war auf dem Weg nach Australien, weil ich Andrew überraschen wollte. Ich hatte keine Ahnung, ob er in Sydney war, er plante eine kurze Dienstreise nach Canberra, ich hatte mir den Termin nicht gemerkt. Für das Ordnen meines Liebesleben, hatte ich gar keine Zeit, ich leitete ja ein Office. Ich hatte Kontakt zu Andrews Cousine aufgenommen, der Cupcake Princess von Sydney, die ein kleines Cafe in Waverly hatte. Ich sollte sie bei Ankunft anrufen, so dass sie Andrew dann ins Cafe locken konnte. Ich freute mich bereits auf ihre Cupcakes, auf der Website sahen sie so lecker und gut aus, dass mir das Wasser im Mund zusammenlief. Außerdem freute ich mich, eine Verwandte des Mannes kennenzulernen, der mir so viel bedeutete.

Wir stiegen wieder in das Flugzeug, und diesmal nahm ich mein Buch aus der Handtasche. Meine Freundinnen hatten mir mit einem Kichern auf den Lippen mir den ersten Twilight-Roman geschenkt. Mit dem Hinweis, dass darin echte Männer eine Rolle spielten, entließen sie mich in mein neues Leben.

Kevin grinste nur kurz, als er den Titel sah. Wieso grinsen die Männer immer, wenn sie sehen, was wir Frauen lesen. WIR lesen wenigstens.

Ich schlug das Buch auf und vertiefte mich in die Geschichte. Nach 200 Seiten war ich Bella Swan, die aber (in meinem Tagtraum) nicht Edward Cullen, sondern Andrew Lake liebt. Ich stellte mir die Hochzeit vor: Ich war Bella, und dachte dann daran, wie romantisch all das sein würde. Isabella Swan Lake hieße ich dann. Swan Lake? Das letzte Mal, als ich Schwanensee getanzt hatte war vor 15 Jahren. Wie kam ich denn auf Schwanensee? Ach ja, das war was für Frauenherzen, ein wahrer Prinz, der seine Angebetete rettet, schwups!

Was war das denn? Der Jumbo war in ein Luftloch gefallen, so dass wir aus unseren Sitzen fast hochgeschleudert wurden. Ich kontrollierte meinen Gurt, alles prima, das Anschnall-Zeichen leuchtete auf, und der Co-Pilot meldete sich zu Wort. Es sei alles in Ordnung, nur halt etwas turbulent. Ach, immer diese Floskeln, sagt doch, dass das Flugzeug gleich Schlagseite bekommt und auf dem Dach landet. Ist je ein Flugzeug auf dem Dach gelandet? Quatsch, schimpfte ich, das wird schon alles. Noch ein Luftloch, instinktiv greife ich nach der Hand meines Nachbarn, der sie lächelnd drückt.

„Wo sind wir eigentlich?" fragte ich schwer atmend.

„Im Flugzeug", antwortete er verständnislos.

„Über Land oder über Wasser?" fragte ich panisch.

„Spielt das eine Rolle?" wollte er wissen.

Natürlich spielte das eine Rolle, sonst würde ich nicht fragen! Warum denken Männer immer, dass Frauen nur rhetorische Fragen stellen? Wir stellen sie, weil uns etwas auf der Seele brennt. Und nicht, weil man unbedingt unnötigerweise Sauerstoff verbrauchen will, in einem Augenblick, in welchem einem das

Luftholen dank Panikattacke schwerfällt.
Mein Blick muss Bände gesprochen haben.
Kevin schaute in seinem Monitor nach, wo
wir uns befanden.

„Wir sind über Land", sagte er,
während er den Flugplan studierte.

Ich atmete auf. Ein fragender Blick
von der anderen Seite und mir war klar,
dass er mich nicht vom Haken ließ.

„Ich hasse es, wenn wir über dem
Meer Turbulenzen haben", begann ich
zögerlich. Ich wollte nicht, dass ein
Fremder dachte, ich sei seltsam. Aber dann
wurde mir bewusst, dass ich diesen Mann
nie wieder sehen würde, und sprach weiter.

„Die Vorstellung, dass das Flugzeug
10.000 km tief fällt, um dann nochmals
10.000 km in die Tiefe des Meeres zu
stürzen, finde ich grauenvoll."

Kevin nickte. Er stieg in meinem Ansehen, da er meine Macke nicht kommentierte. Das Flugzeug hüpfte noch einmal, dann wurde es wieder ruhig. Ich entzog Kevin meine Hand und lächelte ihn verlegen an.

„Und wie ist das Buch?" fragte er, als sei nichts gewesen.

Wir unterhielten uns lange über Literatur und Filme und hörten erst auf zu reden, als das Frühstück serviert wurde.

In Sydney regnete es. Überall sprachen die Australier darüber, dass es ein Glück sei, dass endlich der Regen eingetroffen war. Glorious Rain, ja supi, dachte ich mir, da entfliehe ich einem tristen Winter, um jetzt hier in den Monsun-Regen zu kommen. Und ganz Australien freute sich. Na das passte ja zu meiner Stimmung, ich sollte mich als Regenmacherin verkaufen.

Ich holte beim Avis-Stand mein Auto ab. Es war nicht viel los, so früh am Morgen. Die Vermiet-Repräsentantin überreichte mir meinen Autoschlüssel, es war ein BMW, Gott sei Dank, ich musste mich nicht umstellen. Ich nahm mein Gepäck und verließ den Flughafen.

Am Auto angekommen, öffnete ich das Auto und hob mein Gepäck in den Kofferraum. Müde schlich ich zur Fahrertür und stieg ein. Ich ließ mich in den Sitz fallen, schnallte mich an, und richtete mir die Sitzhöhe ein. Ich wollte eben den Schlüssel ins Zündschloss stecken, als ich bemerkte, dass das Lenkrad fehlte. Himmel! Dem Auto wurden Kleinteile entwendet. Es war nicht mehr vollständig.

In diesem Augenblick klopfte es an meine Scheibe. Ich ließ das Fenster hinunter und schaute in Kevins liebenswertes Grinsen.

„Tess, das Lenkrad ist rechts in Australien. Und bitte fahre LINKS!"

Ich senkte meinen Blick. Ach so, ja, das erklärt einiges, und ich wagte einen kleinen Blick nach rechts, wo das Lenkrad sehnsüchtig darauf wartete, von mir angefasst zu werden. Ich lächelte Kevin charmant an.

„Ach Kevin, das wusste ich doch, ich wollte nur ein bisschen ausruhen. Und das geht auf der Fahrerseite so schlecht."

Kevin nickte wieder verständnisvoll.

„Gute Fahrt, Tess!"

Er schlenderte zu seinem Mietwagen und überließ mich meinem

Schicksal. Ich stieg aus und wechselte die Seite. Ein Australier lächelte mir zu.

„Muss ziemlich kalt dort sein, woher sie kommen", sagte er in australischem Englisch zu mir, von dem ich nur die Hälfte verstand.

Ich sah an mir herunter, ich hatte meinen Wintermantel an. Trotz des Regens war es warm. Ich wusste weder, wie spät es war, noch welche Jahreszeit wir hatten, geschweige denn den Tag. Ich zog meinen Wintermantel aus und legte ihn auf die Rückbank. Dann stieg ich endlich auf der Fahrerseite ein. Ich machte es mir bequem und ließ den Motor an. Den Gang mit der linken Hand einzulegen war etwas ungewohnt, ich schaute in den Rückspiegel, schaltete den Blinker ein und erschrak furchtbar, so dass ich aufs Gas stieg. Mit einem Hopser und einem eingeschalteten Scheibenwischer, stieß mein Auto aus der Parklücke. Nachdem ich diesen Schreck überwunden hatte, stellte ich die Scheibenwischer wieder aus. Blinker und Scheibenwischer – Hebel waren ebenfalls vertauscht.

„Bin gespannt, ob die Toilettenspülung sich auch linksherum dreht", murmelte ich und dachte an die Folge der Simpsons in Australien. Meine absolute Lieblingsepisode. So langsam bekam ich ein Gefühl für den Wagen und den Linksverkehr. Das lag daran, dass die Australier ihre rechts fahrenden Gäste kannten. Überall hingen Schilder mit „DO NOT ENTER!" Und riesige Pfeile, die den Touristen zeigten, wo man abbiegen durfte.

Ich näherte mich dem Kern Sydneys, ich erblickte die Habour-Bridge, das berühmte Wahrzeichen der Stadt, dahinter sah man die Konturen der Oper. Traumhaft schön, dachte ich. Der Verkehr wurde dichter, da der Berufsverkehr anfing. Der Verkehr stockte, aber ich genoss es. Ich sah mir die Häuser an und prägte mir die Straßennamen ein. Die Ampel war rot und ich hielt hinter einem Sportwagen. Links reihten sich die Autos, die geradeaus fuhren. Ich stand auf der Rechtsabieger-Spur, und so schaute ich gebannt auf die Ampel, die mir endlich grünes Licht gab. Wenigstens die Ampelregel wurde Down Under nicht auf den Kopf gestellt. Grün war grün und rot war rot. Ich sinnierte über das arme Gelb, das nie lange an war, das immer gleich auf grün oder rot wechselte. Es stand in der Mitte, so wie ich. Meine ältere Schwester, dann ich, dann mein jüngerer Bruder, der mich eine Kopfgröße überragte. Und ich war dazwischen. Während ich anfing, mit dem Ampel-Gelb zu sympathisieren, gab es einen Knall. Ich war dem wertvollen Sportwagen hinten drauf gefahren. Erschrocken, aber auch wütend stieg ich aus, als ich bemerkte, dass die Rechtsabbieger rot hatten. Ich senkte beschämt meinen Blick, während ich auf den Fahrer zuging.

„Entschuldigen Sie bitte", stotterte ich.

Ich traute mich nicht, meinen Blick zu heben.

„Würden Sie mit mir einen Kaffee trinken gehen?" fragte mich eine bekannte

Stimme. Andrew hob mein Kinn mit seiner rechten Hand hoch, und ich schaute in zwei überraschte, glückliche Augen. Da wusste ich, dass ich angekommen war.